U0028577

我討厭的偵探

東川篤哉

Higashigawa Tokuya

目錄

全力狂奔尋死之謎

一

位於關東地區沿海某處，遙遠但確實存在的城市——烏賊川市。

這裡是沿著烏賊川流域繁榮的核心城市。不清楚是ＪＲ或民營電車的車站後站，是十年前就傳聞「即將再造」的雜亂市區，而且市區一角有一棟十年前就傳聞「即將倒塌」的老舊綜合大樓。這棟五層樓高的大樓名為「黎明大廈」，建設當時或許正如其名可以眺望東方天空的黎明，如今這棟灰暗的建築物卻埋沒在林立的大樓中。

黎明大廈的頂樓，很難形容為「無敵美景」的這個房間，不知為何有個年輕女性盡情享受著優雅的獨居生活。這名神祕女性叫做二宮朱美。

這名貌美女性年齡約二十五歲，從父母那裡快樂繼承這棟近乎廢墟的綜合大樓，如今是這裡的屋主。市民似乎稱她是「後站的小名媛」、「再造街道的女神」、「黎明大姊」或是「無情的收租房東」等等，不過僅止於傳聞……

在烏賊川水溫回升的春季五月天，她擁有的黎明大樓發生了撼動根基的大事件。補充一下，「撼動根基的大事件」絕對不是誇張的譬喻。實際上，這棟五層樓大廈在深夜稍微、確實地搖動了一下——本次的奇妙事件以這樣的場面拉開序幕。

二宮朱美在自家床上感受到這股細微的震動，「嗚呀！」這聲像是男性的叫聲也隔著玻璃確實傳入她耳中。若要譬喻，這個叫聲像是貓被踩的叫聲，或是不小心踩到貓的男性聲音。

至於為什麼會從男性的聲音聯想到貓，肯定是因為聲音來自停車場。黎明大廈停車場住著一隻胖胖的三花貓，朱美也好幾次差點踩到牠碩大的身軀。

「不過，踩到貓不可能讓整棟大廈晃動吧……」

搖晃是一瞬間的事，如果是地震就是「震度1」或更低，或許沒必要在意。不，等一下，即使是快要倒塌的老舊大樓，好歹也是鋼筋水泥的五層樓建築物。總之，鋼筋數量很可能沒達到抗震基準，但遭受普通衝擊肯定也是穩如泰山。

「也就是說，遭受到不普通的衝擊了……但不普通的衝擊究竟是哪種衝擊……？」

朱美無法壓抑內心討厭的慌張感，終於下床。

時鐘顯示時間是凌晨零點。朱美沒開燈，筆直走到窗邊拉開窗戶，俯瞰正下方的寬敞空間。

四方路燈隱約照亮的空間，是幾近正方形，長寬各十五公尺左右的空間。

這個區塊聽說曾經是一棟酷似黎明大廈的建築物，卻好像比黎明大廈早一步「倒塌」，如今成為停車場。

就朱美看來，停在那裡的車子屈指可數，其中發揮最強烈存在感的是一點都不可愛的黑色賓士，這是朱美的愛車。賓士旁邊是某人的藍色雷諾。兩輛車都沒異狀，停車場鴉雀無聲。

朱美鬆了口氣，重新看向停車場與自己大樓的界線附近。

緊接著，奇妙的光景映入她的眼簾。

「哎呀！怎麼回事……」

朱美定睛凝視，試著確認昏暗地面的樣子，此時樓下住戶和朱美一樣從窗戶探頭窺視正下方地面。從窗戶伸出來的後腦杓突然擋住視野，朱美不禁對樓下男性抱怨。

「慢著，鵜飼先生！不要突然探頭啦！」

「唔？」男性左右轉頭尋找聲音來源，然後終於察覺正上方的女性。「嗨，朱美小姐，這是第一次像這樣和妳交談吧。」

依照想像，站在四樓窗邊的他為了轉頭向上，姿勢肯定非常勉強，朱美擔心他可能會摔到窗外。

因為名為鵜飼的這名男性大概是天生輕率，很容易從高處摔落。他曾經滑落雪地斜坡、從海邊階梯摔落、從山崖摔進太平洋。擁有各種摔落經驗的他，職業是替身。

不對，更正，是私家偵探。
證據就是這棟黎明大廈的四樓，搶眼掛著「鵜飼杜夫偵探事務所」的招牌，以及「WELCOME TROUBLE！」的標語。大概是標語建功，最近許多麻煩事找上偵探事務所，卻不表示他肯定生意興隆。經常做白工也是這個偵探的特徵之一。
但是不提這件事——現在他的腦袋很礙事。
「我說鵜飼先生，頭可以移開一下嗎？地面好像寫了一個字！」
「是喔，地面有字？我看看。」鵜飼不只是沒將頭縮回去，脖子甚至伸得更長，更加遮掩朱美的視野。「唔～黑漆漆的看不清楚……唔唔！」
「如何，看得到吧……那是什麼字……是『大』嗎……」
「不對，不是這樣……那是人……」
「『人』？不是啦……那是『大』吧……」
「妳錯了，是人啦！」
「我沒錯，有一條橫槓，所以是『大』啦！」
「就說不是了！那是躺成『大』字形的人！是人類！」
「咦，人類？」朱美總算聽懂鵜飼的意思，重新注視正下方的光景，接著後知後覺地尖叫：「啊～有人躺在地上～！」

二

不能這樣下去。緊急事態當前，朱美立刻衝出玄關，但她立刻再度回到房間，換上輕便的粉紅連身裙，因為穿睡衣外出似乎會被那個偵探嘲笑。朱美以一分鐘整理服裝儀容，只照鏡子十秒，然後終於衝出住處。

沒有電梯的老舊大樓，只有階梯可以通往地面。她沿著階梯一鼓作氣衝到一樓，出了大樓的公共玄關直接前往旁邊的停車場。

鵜飼已經先一步抵達現場。他站在倒地男性的旁邊，剛好以手機講完電話。他右手闔上手機，左手筆燈照著朱美詫異詢問：

「妳好像莫名花了一些時間才來，為什麼？難道下樓要跨欄嗎？」

「問我為什麼……不覺得看到你跟我的打扮就一目了然嗎？」

聽朱美這麼說的鵜飼檢視自己的模樣。他一副剛下床的樣子——身穿格子睡衣。

原來如此，我懂了。鵜飼深深點頭，朱美則是看向在地面躺成「大」字形的人，在這時候首度得知這個人是年輕男性。

「…………」男性動也不動，朱美倒抽一口氣，戰戰兢兢地詢問鵜飼：「這、這個人難道死掉了？」

「不，還沒死。總之要是扔著不管或許遲早會死，但是不要緊，我剛才打電話叫了救護車，順便也報警了，所以等等就會得救。不過，在這之前……」

鵜飼大概是身為偵探的專業意識被刺激，蹲在倒地的男性身旁以筆燈觀察起來。朱美也跟著從鵜飼身後審視男性。

是一名陌生的男性，體型中等，年紀大概未滿三十。頭髮偏長，沒戴眼鏡，身穿黑色長袖上衣與黑色窄管丹寧褲，粗腰帶引人注目，從外型來看應該是搖滾歌手，也像是崇拜搖滾歌手的歌迷。全身漆黑的他，只有額頭呈現鮮豔的色彩。

鮮紅如血——不對，是貨真價實的血。男性額頭出血。

「應該是撞到頭部了，最好別亂動他，就這麼讓他躺著吧。」

朱美立刻同意鵜飼的提議。老實說，她才擔心這個冒失偵探可能「亂動」傷患身體造成天大的事態。鵜飼有可能做出這種事。

朱美迅速離開男性身邊，筆直仰望上方。

「鵜飼先生，從這棟大樓的樓頂摔下來，只會受這種傷嗎？」

「咦咦？這就不得而知了，因為我也還沒從這棟大樓的樓頂摔下來過。我上次從高處摔落，是從雀之森的山崖上……」

鵜飼像是炫耀般述說自己摔落的體驗，看向大樓樓頂。

「嗯，妳認為這個人是從那裡摔下來，也就是跳樓自殺是吧？」

「因為這個人是從這棟大樓摔下來吧？」

朱美考量到倒地男性與建築物的相對位置而如此解釋。

「不，妳錯了。」但鵜飼乾脆地否定。「從傷勢來看不可能。這個男的是仰躺在地上而且額頭受傷吧？後腦杓看起來反倒沒出血。要是這個男的墜樓而且額頭撞地，正常來說必須是趴著。」

否定跳樓自殺說法的鵜飼，改為提出另一種可能性。

「這個男的或許是基於打架之類的原因，在這裡遭人毆打。」

「原來如此，看起來確實像是這樣……」朱美差一點就點頭，卻立刻改為搖頭。「不，這也不對。鵜飼先生，你沒感覺到嗎？剛才聽到這個人慘叫的時候，這棟建築物幾乎同時晃動。」

「妳說建築物晃動？怎麼可能，我一個人待在房裡，正在測試網購的搖擺機，完全沒感覺到這種晃動啊？」

「……………」那當然，既然自己正在搖，當然不可能察覺。「真的晃動了，雖然只有一瞬間，但我感覺到隱約晃動。那個晃動的真相是什麼？不可能和這個受傷的人無關吧？」

「嗯，難道是某人對這棟大樓有仇，所以猛踹牆壁嗎？」

鵜飼隨口這麼說，緩緩以筆燈照向大樓牆壁。

顏色黯淡的大樓外牆浮現在光環中。多不可數的細微裂縫與髒汙吸引目光，卻不知為何只有某處染上鮮紅的水痕，朱美不禁驚叫一聲。

「這、這是什麼……血？討厭，我的大樓外牆沾血了～」

朱美如同發現全新上衣沾上咖哩般扭動身體。

「喔，這確實是血，看來剛沾上不久。」

鵜飼冷靜說完，立刻以自己的身體比對牆上血痕的位置。血痕位於鵜飼直立時的臉部高度。

「以位置來看，這個男性的額頭撞在這面牆，然後額頭噴血仰躺成大字形，牆壁沾上他的血。看起來像是這樣。」

「用頭撞大樓撞到牆壁沾血？這是什麼狀況？難道是在徹底反省？嘴裡說『我這個人真沒用』這樣？」

「有人會因為這樣就用腦袋猛撞牆？天底下哪有這種像是漫畫角色的傢伙？」

「哎，也對。那麼鵜飼先生認為呢？」

「這個嘛……」鵜飼聽她這麼問也歪過腦袋。「比方說，某人硬是抓住他的頭，吆喝一聲之後掄牆……不對，這也挺難的。」

目睹奇妙狀況的鵜飼與朱美一起沉默下來，接著如同在等待兩人對話結束，兩人身後唐突傳來聲音。

「那個，不好意思，請問那個人死了嗎？」

突然傳來的詢問，使得兩人驚訝轉身。站在眼前的是身穿黃色T恤的男性，一副戰戰兢兢的樣子。這一幕乍看像是「深夜打工下班的大學生闖入案件現場」，但看他刻意搭話，或許他是相關人士。如此心想的朱美詢問初次見面的他：

「你是誰？難道你認識這個人？」

他隨即露出「被誤會很困擾」的表情，舉起雙手搖了搖。

「不不不，這是誤會，誤會，我只是打工下班的大學生。」

「啊，這樣啊……」看來這個人正如朱美所見。「所以，這位大學生有什麼事？如你所見，現在發生緊急狀況，要看熱鬧的話離遠一點喔。」

「是的，我知道，但我不是來看熱鬧的，我親眼看見了。」

鵜飼立刻對大學生出乎意料的話語起反應。

「嗯？你說『看見』是看見什麼？看見凶手的長相嗎？」

「不對不對，不是的，我沒看見凶手，而且您說『凶手』是什麼意思？我看見的不是那種東西，是更恐怖的光景。是的，真的是現在回想起來也全身發毛，應該說全身的毛孔都打開……」

「喔，你全身的毛孔都打開？那確實是全身發毛的恐怖光景呢。」

別胡鬧了，鵜飼先生——朱美瞪向身旁的偵探，自行詢問大學生：

「你說的恐怖光景是什麼？說明一下吧。」

「知道了。」大學生率直回應，以沉穩語氣說起。「當時我從便利商店打工下班正要回家，路上不經意覺得口渴，到那邊的自動販賣機買罐裝飲料，然後蹲在人行道開罐。我蹲的位置可以清楚看見對街的這個停車場。我就只是心不在焉喝飲料，並且不時看向停車場，就在我不經意將視線移向停車場的瞬間——」

大概是恐怖的記憶鮮明復甦，大學生突然開始發抖。

「我看見了恐怖的光景。一個男的猛然跑向牆壁，真的是拚命全力奔跑的感覺，速度很快，目擊的我甚至來不及發出聲音，他就這樣直接正面撞上這面大樓外牆！然後他發出像是貓被踩的慘叫聲被牆壁彈開，一瞬間像是醉漢在原地搖搖晃晃，就這樣失去力氣仰躺倒地，這一切都是突然發生的事——怎麼樣，恐怖吧！可怕吧！」

有些激動的大學生徵詢朱美他們的同意，然後像是斷定般高喊：

「真的是自殺的瞬間！啊啊，可是我完全想像不到，這個世界上居然有那麼離奇的自殺手段！居然主動全力撞大樓牆壁！」

亢奮的大學生當前，朱美與鵜飼蹙眉相視。

「妳能夠想像這種自殺手段嗎？」

「我沒辦法想像這種自殺手段！」

納悶的兩人，聽到不知道從何處傳來的救護車警笛聲——

三

經過一夜的隔天，朱美與鵜飼坐上她的愛車賓士前往大學醫院。朱美是為了探視衝撞她大樓受重傷的那個人，鵜飼的目的應該是收集情報或打發時間。他沒道義專程探望那個神祕的全力狂奔男性。

「鵜飼先生，聽好哦？要是貿然插手，可能又會做白工喔。」

開車的朱美出言關心，坐在旁邊穿西裝的鵜飼指著自己的脖子說：

「會做白工還是會接到大案子，必須等插手才知道吧？」

他說得煞有其事，但接下來這番話應該才是他的真心話。

「何況『全力撞向眼前牆壁的男人』很令人在意吧？會想直接和這個男的交談，確認他究竟多麼積極吧？妳肯定也抱持相同興趣，探視只是藉口。我說錯了嗎？」

「總之，我不否定就是了……」朱美在這方面也充滿好奇心。

載著兩人的賓士終於經過「烏賊川市醫科大學附設醫院」的正門。鵜飼如同說順口溜般，不斷說著這個俏皮的醫院名稱。「烏賊川市醫科，大學附設醫院！烏

賊川市醫科，大學附設醫院！烏賊川市醫科……」（註1）
很多烏賊川市民會做相同的事，並不是鵜飼特別幼稚。
朱美果斷地無視於他的舉動，將車子停在停車場。
依照朱美得到的情報，昨晚以救護車送進醫院的男性雖然重傷，但生命似乎沒有大礙。實際到醫院櫃檯詢問，櫃檯也表示可以面會。
朱美他們在附設商店買了煞有其事的花束，立刻前往男性的病房。
三樓的某間個人病房，躺在白色病床的男性身穿藍色睡衣，和昨天截然不同。他頭上包著厚厚的繃帶，腳上打了不忍卒睹的石膏，看起來完全是重傷患，不過看表情似乎頗有精神，要交談不成問題。
男性身旁是一位化妝得有點花俏的褐髮女性，大概是妻子吧，還是女友？思考這種事的朱美在兩人面前深深行禮致意。
朱美告知是來探視的，年輕男女臉上立刻綻放笑容。
「啊，當時是兩位幫忙叫救護車吧？受兩位照顧了。」
「多虧兩人的急救，他才勉強撿回一條命，兩位真的是救命恩人。」
實際上完全沒急救，只是扔著不管，但對方擅自認定他們是恩人也是好事。

註1　日文「烏賊川市醫科」和「猥褻嗎」音同。

朱美與鵜飼很有默契地大方搖手。

「不不不，沒什麼大不了的——」

「是的，我們只是做了該做的事——」

他們表現得一副低調好人的樣子。接著這兩人對朱美他們進行自我介紹。

男性是中原圭介，職業是酒保，在後站一間「四打數四安打」的酒吧工作。鵜飼聽到店名似乎想問些什麼，但朱美以目光制止。

至於女性是高島美香，男性的好朋友。所謂的朋友當然有很多種，但只是來探視的兩人不能深究到這種程度。總之朱美綜合現有情報進行判斷，得出『兩人在酒吧認識，後來產生關係，現在正在同居』的結論。這不是推理，是女人的直覺。

總之彼此介紹完畢之後，鵜飼像是等待已久般開始詢問：

「『四打數四安打』真的是酒吧名稱？這名字真不錯呢～哎，這不重要。話說回來，那個停車場昨晚究竟發生什麼事……」

「不，關於這個……」中原圭介如同打斷鵜飼的詢問般開口。「警察也問過相同的問題，但其實我完全不記得。我只記得自己走出公寓住處要到便利商店買東西，之後的記憶很模糊……聽說我昏倒的時候雙手空空，看來沒去便利商店……我自己都想知道自己發生什麼事。」

「唔，短期失憶嗎？聽說頭部遭受重擊的時候經常會這樣。那麼，關於目擊現場的大學生證詞，你心裡也沒底？」

「是指『我自己衝向大樓撞牆』的證詞吧？我聽警察說過這件事，但我心裡完全沒有底，不曉得自己是否真的做出這種蠢事……不過既然那個大學生說看見了，我大概真的做出這種事吧，真的主動去撞大樓的牆壁。」

「嗯……」鵜飼以正經表情詢問：「你做過讓那棟大樓記恨的事嗎？」

「不，千萬別這麼說。」中原立刻搖頭。「我完全沒恨過大樓，也完全沒被大樓恨過。對吧，美香？」

「是的，這個人不是會被別人建築物記恨的人！」

「原來如此，這樣啊。哎，正常來說應該是這樣吧。」鵜飼接受他的說法。

既然這樣，為什麼要問這種問題？不過認真回答的一方也不太對。

「不提這個……」對剛才脫線對話感到失望的朱美，介入兩人的交談。「關於昨晚的事件，警方是怎麼想的？他們判斷是案件嗎？」

「不。」中原搖頭回應這個問題。「警方似乎不認為是案件，畢竟那個大學生目擊作證，警方只認為是『腦袋有問題的男性想自殺而亂來』吧。不過他們這麼認為也在所難免。」

「原來如此。」鵜飼點了點頭。「警方確實難免這麼判斷，因為他們也很忙，應該不願意動不動就配合自殺者的奇特行徑吧。」

「…………」被稱為「自殺者」的中原似乎不太高興。

「不過就我所見，你看起來不像是想自殺的人。不，即使想自殺，一般也不會選擇那種手段。昨晚的事件暗藏某種隱情，你應該也想知道吧？你肯定想知道，不可能不想知道，絕對不可能不想知道對吧？這樣的你需要這個東西──」鵜飼遞出一張名片，誇張地低下頭。「需要服務的時候，請打電話給我！」

什麼嘛，總歸來說是來拉生意的？行事意外周詳呢──朱美有點佩服。

不過，中原圭介接過名片一看，立刻在床上繃緊全身。

「鵜、鵜飼杜夫……偵探事務所……偵、偵探？你這傢伙是偵探？」

中原圭介以顫抖的聲音，將救命恩人稱為「你這傢伙」。

他的表情明顯浮現畏懼的神色──

經過一番風波，朱美開著賓士從醫院返家，副駕駛座的鵜飼對中原圭介的質疑有增無減。

「朱美小姐也看見了吧？對『偵探』這個詞那麼敏感起反應的人，肯定是『內疚的壞蛋』、『推理迷』或『內疚的推理迷』三種人之一。」

「…………」從機率來看，應該不是第三種人。「總歸來說，中原圭介不是單純的自殺者是吧，這我也有同感，畢竟他說自己失憶似乎也有點假。」
「我也這麼認為。他肯定隱瞞某些重大的事情。」
「那麼，驚慌說他自殺的那個大學生證詞，難道也是假的？」
「不，那個大學生看起來不像在說謊，何況如果當成謊言，可信度也太差了。反過來說，我覺得他的證詞是直接陳述他眼見的光景。」
「換句話說，中原圭介自己朝大樓牆壁全力狂奔撞上去——這是事實。不過實際上，這種事想做就做得到嗎？」
兩人輕聲說著這種事時，賓士抵達黎明大廈。轉向開進旁邊停車場的時候，出乎意料的光景映入朱美眼簾。
「喝呀啊啊啊啊啊啊啊啊——！」
停車場的正中央，一名年輕男性發出怪聲，全力跑向黎明大樓的深色外牆。看起來不像是單純的自殺者——

四

將車子停在停車場的兩人，一下車就走向那名青年。
「流平，你在做什麼？試著重現昨晚的怪事嗎？」

「鵜飼先生，你看不出來？我在試著重現昨晚的怪事喔。」

複誦般回應的人是戶村流平。他是「鵜飼杜夫偵探事務所」的一員，堪稱是鵜飼唯一的部下或手下。大概是鵜飼徹底教導的成果，這名青年的舉止實在輕率、輕佻、輕浮，這種特性非常適合「偵探的徒弟」這個身分。

這樣的流平重新振作，再度朝大樓狂奔，卻在牆邊悽慘失速，只有稍微撞上大樓外牆，就搔著腦袋回到朱美他們身邊。

「所以，怎麼樣？實際試過的感想如何？」

「果然不可能。」流平大幅搖頭。「只要牆壁進逼到面前，無論如何都會害怕，速度自然變慢，能夠直接撞牆簡直不正常。換句話說，昨晚的那個男的不正常，大概是喝酒失去理智吧？如果是這樣的話，哎，勉強還有這種可能——」

「這樣啊。不過中原圭介沒喝醉喔，身上也沒有酒味。」

「如果不是喝酒，會不會是嗑藥？會出現幻覺的那種藥。」

「不，這也不可能。」這次是鵜飼否定。「要是用了不好的藥，醫院肯定會檢查出問題，這樣的話應該不會准許我們面會。」

「原來如此，這麼一來，只剩下一種可能性了。」

流平說著抓住師父鵜飼的手，原地轉一圈，利用離心力將他的身體扔向牆壁。鵜飼筆直飛向牆壁——

「對吧！」流平看著狠狠撞牆的師父，一副滿足的表情看向朱美。「舉例來說，就是巨無霸鶴田將谷津嘉章狠狠摔向擂台邊繩的要訣。換句話說，那個叫做中原的男性，被一個體力匹敵職業摔角手的人掄牆，然後大學生只目擊中原被掄牆的樣子，所以在他眼中像是中原自己撞牆。應該是這麼回事吧？」

不過鵜飼按著額頭，反駁流平的這個假設。

「喂喂喂，不可以亂講話，這種事不可能的。」

「為什麼不可能？」朱美問。「流平的假設或許挺合理喔。」

「不對，不行不行！因為鶴田與谷津是誇稱默契無懈可擊的『奧運搭檔』，鶴田不可能將谷津甩向邊繩，如果是鶴田對阿修羅原就很有可能——咦，問我在說什麼？當然是全日本摔角黃金時代的話題吧！」

「看吧，是流平的錯。因為你聊起摔角，鵜飼先生才會胡鬧……」

「咦～怪我嗎～」流平表達不滿。

這次輪到鵜飼抓住他的手，原地轉一圈，像是還以顏色般將徒弟摔向牆壁。流平背部狠狠撞牆，鵜飼氣喘吁吁地說：

「看吧，朱美小姐。在停車場正中央做這種顯眼的舉動，卻只有中原圭介的動作被目擊，沒看到另一個壯漢——有這種荒唐事嗎？」

「哎，確實是這樣吧。那麼鵜飼先生是怎麼想的？」

「我？我正在拚命思考。」

說出這句話的鵜飼，正以眼鏡蛇扭絞穩穩固定流平修理他，看起來不像是在拚命思考。無奈的朱美背對玩著摔角的兩人，抵著下巴低語。

「不過這下子傷腦筋了，這種奇妙的案件肯定會成為市區話題，黎明大廈的評價又要直直落了。這棟大樓原本就像是廢墟，類似靈異現象的傳聞沒少過……」

「咦？靈異現象是指什麼事？」後方傳來流平略感意外的聲音。

朱美轉頭一看，形勢大幅改變。反擊的流平施展卍字固定，用力抓住鵜飼身體，鵜飼臉色蒼白，似乎連說話的餘力都沒有。

「不是靈異現象啦，是傳聞，始終只是傳聞。」朱美做個開場白之後，說起前幾天聽到的奇妙傳聞。「附近開店賣酒的高橋先生一臉詫異對我說，他前幾天半夜下班回家，在這棟大樓前面——慢著，喂，你們在聽嗎？」

鵜飼與流平以呻吟代替回應。朱美忍無可忍，以穿著高跟鞋的右腳「咚！」一聲踢飛眼前以卍字形交纏的兩人。

鵜飼與流平發出「嗚哇！」的丟臉聲音倒地。朱美俯視悽慘跌坐在柏油路面的兩人，扠腰大喊：

「你們兩個！別再玩得像是下課時間的國中生了啦！」

朱美帶著鵜飼與流平進入黎明大廈上樓。「鵜飼小姐，太過分了吧？」鵜飼摸著被踢的屁股露出不滿表情。

「我為剛才的胡鬧道歉，但沒必要說我們『像是下課時間的國中生』。因為本來就是這樣吧？如果流平是國中生，我早就上高中了啊？」

「啊～對～喔！」假設真的是這樣，也完全不值得自豪喔，鵜飼先生——

感到無奈的朱美，在上樓時再度提起剛才要說的奇妙傳聞。

「酒店的高橋先生，下班會騎腳踏車經過這棟大樓前面。他說當時以月亮高掛的夜空為背景，看見某個黑色物體輕飄飄浮在空中。高橋先生剛開始以為是浮在遠方天空的飛碟，不過仔細一看，發現好像浮在很近的天空……大概在黎明大廈旁邊……」

「是喔……」流平對此感興趣。「既然是這棟大樓旁邊，總歸來說就是停車場上方的空間吧。浮在那裡的黑色物體……應該不是飛碟，是幽靈。」

「都不是啦！」朱美駁回流平的意見。

三人終於抵達偵探事務所所在的四樓，但是鵜飼沒停下腳步，指著正上方提議：「難得有這個機會，就到樓頂看看吧，或許找得到飛碟降落的痕跡。」

這次由鵜飼帶頭上樓，後面依序是朱美、流平。走到盡頭推開冰冷的安全門，映入眼簾的是生鏽鐵柵欄圍繞的死板水泥地空間。這裡是黎明大廈的樓頂。

流平踏在樓頂的瞬間，就指著前方大喊：

「喔喔！鵜飼先生，請看，發現降落的飛碟了！」

「喂喂喂，流平，你搞錯了，那是這棟大樓的水塔……」

「…………」鵜飼邀我們上來，該不會是想玩這個冷笑話吧？

朱美投以疑惑的視線，鵜飼忽然以嚴肅表情看著她問：

「話說回來，你覺得高橋先生看見的黑色物體是什麼？」

「咦？是……」朱美頓時結巴。「天曉得，大概是鳥之類的吧。」

「鳥不會輕飄飄浮在空中吧？反倒應該是人類靈魂之類的。」

「或許吧，前提是這個世界有黑色的人類靈魂。」

「嗯，也對。」鵜飼似乎聽懂朱美的挖苦。「話說回來，那個真相不明的黑色物體最後怎麼了？降落了嗎？」

「沒有，高橋先生說他一個沒注意，那個東西就消失了。」

「原來如此。」鵜飼按著下巴。「乍看像是一點都不重要的眼花，不過搭配昨天的事件思考就覺得另有玄機。順便問一下，高橋先生目擊黑色物體的正確日期與時間是什麼時候？」

「兩天前，時間是晚上十點左右。」

「那就是中原圭介撞牆的前一天。」

鵜飼說著，走向圍著樓頂的鐵柵欄。

從樓頂此處可以俯瞰下方的停車場，從他們昨晚發現中原圭介昏迷的位置來看，這裡幾乎是正上方。朱美站到鵜飼身旁，俯瞰著地面思考。

假設中原圭介昨晚從這裡跳下去，摔到地上躺成大字形。雖然這樣是悲劇，卻是簡單明瞭的狀況，可惜事實並非如此，所以才成為問題。他不是摔落地面，而是撞上黎明大廈外牆，而且是如同自殺般奇妙地狂奔撞牆。究竟為什麼？

不習慣的思考令朱美傷透腦筋，但旁邊的鵜飼似乎發現重大線索，發出「唔！」的聲音，將臉湊向眼前的鐵柵欄。他觀察鐵柵欄表面片刻，接著從口袋取出偵探謀生的七大法寶之一——單邊眼鏡戴在右眼。

單邊眼鏡朝向眼前的另一棟大樓。

「鵜、鵜飼先生，你在看什麼？那邊的大樓怎麼了？」

隔著停車場和黎明大樓相對的，是叫做「後站居」的出租套房大樓，和黎明大廈一樣是五層樓的鋼筋水泥建築物。相對於樓頂平坦的黎明大廈，對面長方形建築物上方是人字形，除了這一點，兩棟建築物無論是屋齡與狹小程度，看起來都大同小異。不過或許是基於地利，座落在烏賊川後站的這棟大樓挺受歡迎，聽說幾乎沒空房。

「那邊四樓陽台的落地窗。」對面四樓整齊並排三個陽台，鵜飼指著正中央的陽台。「窗邊看得到燈光吧？雖然白天看不清楚，但是肯定沒錯。」
「好像是。所以這又怎麼了？」
「昨天晚上，那扇落地窗後面同樣開著燈，即使是深夜也一樣。」
「這樣啊。可是有人熬夜不稀奇啊？」
「不過，從我的偵探事務所看出去，那個房間位於正前方吧？所以我經常隔著停車場看到那個房間的住戶。住在那裡的是一位老先生，獨居的前上班族，如今退休以年金度日，興趣是散步與看電視，不抽菸，會一個人喝酒，不過是在便宜的居酒屋。無依無靠，擔心自己的將來——總之，這都是我的想像。」
「居然是想像！」朱美不禁差點蹲下。「我還以為你調查過！」
「用不著調查，反正不會差太多。總歸來說，就是沒辦法亂花錢的獨居老人，所以他每天早睡早起省電費。這樣的老先生昨晚熬夜，今天從白天就開著燈——」鵜飼說著就獨自陷入思緒，如同忘記朱美的存在。「……也就是說……喂喂喂，慢著……這下子麻煩了……」
鵜飼一邊嘀咕，一邊在樓頂走來走去，後來腳步如同進入衛星軌道，開始描繪漂亮的橢圓形。朱美默默以視線和流平交談。
——流平，小心點！
——朱美小姐，收到！

最後，鵜飼的腳步突然靜止在衛星軌道，接著發出喜悅的聲音。

「這、這樣啊，我懂了！也就是說——！」

鵜飼猛然跑向鐵柵欄，這一瞬間，朱美伸手抓住他的背，流平同時撲向他的下半身，以雙手抱住他的腿。

「喂，這、這是做什麼！放開我，你們想做什麼！」

「鵜飼先生！」朱美一臉正經地警告：「這裡是樓頂！摔下去真的會死啊！」

「沒錯，鵜飼先生！這跟摔落太平洋不一樣啊！」

被兩人聯手抓住的鵜飼，扭動身體大喊：

「笨蛋，我不可能摔下去吧——真是的，知道了知道了，好了，夠了！」鵜飼像是放棄般說完，就擺脫兩人轉身。「流平，回去吧，回去我們的偵探事務所，然後養精蓄銳，準備應付即將來臨的重要局面。」

「這樣啊——」流平和朱美對看之後詢問鵜飼：「這是什麼意思？」

師父簡短回答徒弟含糊的問題。

「總歸來說，現在是午睡時間。」

五

當天夜晚，時段堪稱進入深夜時——

朱美獨自離開黎明大廈，前往隔著停車場相鄰的大樓「後站居」。不是要造訪大樓，她是在附近尋找藍色雷諾。那輛車如同違規停車，停在稍微遠離後站居公共玄關的位置。

她輕敲車窗之後坐進副駕駛座。「如何？有什麼動靜嗎？」

「不，完全沒有。」駕駛座的鵜飼抱著方向盤，覺得無聊般搖了搖頭。「話說妳有什麼事？如果只是來說風涼話……」

「不是來說風涼話啦。」朱美將手上的餐盒遞到他面前，嫣然一笑說：「我送點心過來了！鵜飼先生愛吃海鮮嗎？」

「不，沒到喜歡或討厭的程度……」鵜飼含糊回答，朱美當著他的面打開蓋子。

「來，看看這個！朱美小姐特製的『炸牡蠣三明治』，看起來很好吃吧？」

鵜飼朝餐盒內容物一瞥，表情立刻鐵青。

「喔，這、這看起來真好吃啊，我就感恩收下——當成明天早餐吧。」

「什麼？」朱美立刻面露不滿。「為什麼不是現在吃？」

「別亂說，要是現在在這裡吃掉然後吃壞肚子，今晚的監視就搞砸了吧？」

「會不會吃壞肚子，要吃吃看才知道吧？」

「這種賭注太危險了吧，到頭來，一般會用麵包夾炸牡蠣嗎？」

「咦……」不能夾？朱美大為驚訝。

就在這個時候，鵜飼唐突地指向前方。「朱美小姐，妳看，來了——」

往前一看，一輛廂型車正要停在後站居的公共玄關前方。

從駕駛座下車的是全身衣物漆黑，以墨鏡與白色口罩全副武裝的神祕人物。不知道是非常不願意被他人看見，還是罹患非常嚴重的花粉症，從季節來看，兩種推測都很有可能，但應該是前者。

神祕人物打開副駕駛座車門，取出長寬各約一公尺的大包包扛在肩上，在玄關前面左右張望之後就快步進入建築物。

「太好了——不，抱歉，朱美小姐，看來沒空享用妳特製的三明治了。那麼，就是這麼回事！」

鵜飼一副鬆了口氣的樣子，將餐盒塞回朱美手中。

接著他立刻恢復為偵探的表情，靜靜打開駕駛座車門下車，如同追著神祕人物般小跑步衝進後站居的公共玄關。剛才的黑衣人抱著大包包在梯廳等電梯，鵜飼沒搭電梯，而是走階梯上樓，無視於二樓與三樓，一鼓作氣衝到四樓，然後躲在走廊看不見的牆邊死角。「呼——」鵜飼終於得以喘口氣。
「總歸來說，問題在於四樓老先生的房間吧？」
「唔哇，朱美小姐！」鵜飼後知後覺般驚聲尖叫。「喂，誰准妳跟來的！」
「哎呀，也沒人說我不准跟來吧？」
但現在無暇悠哉討論。
「噓～！」鵜飼在臉前豎起食指。「電梯到了。」
鵜飼悄悄從牆邊探頭看向走廊，朱美也跟著做。前方放著頗高的盆栽，成為最合適的障眼法。朱美心想居然湊巧擺著這種掩體，不過仔細想想，這肯定是鵜飼預先搬來的。
朱美透過盆栽葉子縫隙，可以輕鬆眺望四樓走廊。
神祕人物走出電梯，筆直走向三個房間的正中央那扇門。
雖然對方朝走廊角落的盆栽一瞥，卻不覺得特別突兀的樣子。這個人放下肩上的大包包，從口袋取出小鑰匙開門，然後抓住門把開門，但是門只開了一點點。門後以鏈條上鎖。
要怎麼做？在朱美屏息注視之下，神祕人物採取大膽的行動。
這個人從大包包取出的東西，是類似園藝剪刀的巨大金屬工具，也就是鏈條剪。神祕人物毫不猶豫將刀鋒抵在眼前的門鏈，以雙手夾住握把，鏈條隨即發出細微的金屬聲響輕易被剪斷。

——就在這個時候！

率先衝到走廊的鵜飼，無聲無息接近到這個人的身後。

「嗨。」他親切輕拍對方肩膀，舉起右手。「你在做什麼？」

即使隔著墨鏡與白口罩，也清楚感受得到對方亂了分寸，只不過，以為對方會覺得萬事休矣而輕易舉白旗的下一秒，對方就如同進行最後的抵抗，揮動手中的鏈條剪應戰。鵜飼側腹中招而踉蹌，神祕人物趁機試著逃走。當然不是搭電梯，是走階梯。

「唔哇！別別別別，別過來這裡啦！」

朱美即使身體發抖，還是踢飛盆栽想稍微牽制。對方絆到滾動的盆栽，腳步瞬間變得笨重，鵜飼於此時追上。

「這傢伙！別以為逃得掉！」

神祕人物抵抗揪住他的鵜飼，兩人扭打成一團，三步併兩步衝下階梯，不規則的腳步聲持續響起好一陣子，兩人的身影終於消失在樓下——接著突然！

「嗚哇啊啊啊啊——！」

「呀啊啊啊啊啊——！」

兩人同時發出的慘叫聲，也傳到四樓的朱美耳中。

看來，偵探又摔落階梯了——

數十秒後，慎重跑下樓的朱美，發現兩人重疊倒在一樓。鵜飼在上面，神祕人物被壓在下面。

「鵜飼先生，還好嗎？活著嗎？沒死嗎？」

「嗯，沒死。」鵜飼緩緩撐起上半身。「放心，從二樓摔下來沒什麼大不了，我之前從山崖摔落太平洋都……」他莫名逞強。

「那種事一點都不重要。」朱美指著倒在鵜飼下方昏迷的神祕人物。「這個人究竟是誰？」

鵜飼緩緩起身回答：「是凶手。」

「……凶手？」老實說，就算鵜飼這麼回答，朱美也摸不著頭緒。剪斷別人家的門鏈鎖無疑是犯罪，但鵜飼不可能只因為這種罪就稱他是凶手。唔，「他」？不對，等一下——這個人真的是「他」嗎？重新近距離審視，就發現體型相當嬌細。

「難道這個人是——女的？」

朱美蹲在神祕人物前面，剝下蒙面的墨鏡與口罩。出現的果然是女性臉龐，而且似曾相識。朱美不禁大喊：

「啊！這個人不就是在中原圭介病房裡的女生嗎？」

「沒錯。」鵜飼如同早就知道這個事實般，面不改色地點頭。「是高島美香。」

對，高島美香，就是這個名字。但她為什麼在這裡？

連續得知意外的事實，朱美來不及整理自己的大腦。

此時，聽到騷動聲的戶村流平趕來了，他似乎是從停車場那邊監視四樓某房間，因此不曉得這邊的狀況，一目擊現場就產生簡單易懂的誤解。

「啊，我聽到好大的聲音，以為鵜飼先生又摔落階梯——什麼嘛，摔下樓的原來是對方。」

鵜飼沒有特別否定，將昏迷的高島美香交給助手處理。

「別讓她逃走啊。」

鵜飼只下達這個命令，就沿著剛才摔落的階梯衝上去，摸不著頭緒的朱美也跟著跑去。再度回到四樓的鵜飼跑到事發地點——門鏈鎖被剪斷的房間。門是半開的，鵜飼毫不猶豫踏入室內，朱美也隨後跟上。雖然是別人家，但現在事態緊急。

老人獨居的套房東西不多，給人空蕩的印象。只有電視特別大的室內充滿冰涼至極的空氣，感覺不到其他人。小小的廚房只堆滿沒洗的餐具，這麼一來，套房內部該找的空間只剩下一個。

朱美與鵜飼兩人極為自然地站在衛浴間的門前。

（要進去了。）鵜飼以眼神示意之後，將門完全打開。

出現的是西式馬桶以及小小的浴缸。在極為平凡的衛浴設備光景中，只有一個地方不平凡——

老人的屍體浮在放滿水的浴缸。

六

鵜飼姑且確認老人已經死亡，然後立刻關上衛浴間的門。

回到起居室的鵜飼，低頭看著桌上的信件低語。

「倉澤敦夫啊——嗯，這就是過世老先生的姓名吧。」

反觀朱美像是壓抑心跳般持續大口呼吸。老人死在出租套房大樓的其中一間，這個事實肯定不令人意外。朱美踏入室內的瞬間，腦中也隱約想像得到這幅光景。

不過，這位老翁——倉澤敦夫為什麼死了？高島美香為什麼嘗試入侵他住處？鵜飼為什麼預料得到？還有——中原圭介為什麼全力撞大樓外牆？

數個問號在腦中盤旋，最後，朱美只能問他。

「怎麼回事？」

「妳覺得是怎麼回事？」鵜飼反問。「這裡是四樓套房，而且如妳所見，這個房間的玄關大門直到剛才都從室內上了門鏈鎖，此外，老先生死在浴室的浴缸，看來是溺死。一般要是看到這種狀況，妳覺得這個房間發生了什麼事？」

「……老先生在浴室溺死……所以是意外？」

「沒錯，看起來確實如此，但這不是意外，因為我們知道昨晚有個男的全力衝撞黎明大廈外牆，這是前所未見的奇妙事件。黎明大廈的這個事件，以及這棟後站居的事件，妳也不覺得完全無關吧？隔著停車場建造的兩棟大樓，依序有老人喪命、有年輕人受重傷，當然應該認定這兩個事件相關。」

「也就是說，老先生的死不是單純的意外？」

「當然不是意外，這是他殺。倉澤敦夫在上了門鏈鎖的四樓套房遇害。懂了嗎？換句話說，這是密室殺人。」

「密室殺人！」意外的詞使得朱美聲音不禁變尖。

「對，設計成浴室意外喪生的密室殺人。」

「原來如此，確實是密室吧。」朱美環視狹窄的室內。「可是這樣的話，凶手殺害老先生之後，要怎麼離開這間上鎖的房間？」

「沒什麼，雖說是密室，卻不是完全鎖死的房間。玄關確實上了門鏈鎖，但窗戶應該沒鎖——看吧！」

鵜飼一副「正如我預料」的模樣，打開通往陽台的落地窗。

「凶手是從落地窗來到陽台，沒有其他選擇。」

「不過接下來怎麼做？這裡是四樓，不可能跳下去，難道是用了繩子或繩梯？可是如果有人用這種東西降落到地面，再怎麼樣也會引人注目，畢竟不曉得何時有人會來停車場，而且從道路也看得一清二楚，殺人凶手會用這麼顯眼的方式逃走嗎？我覺得這樣反而危險。」

「對，一點都沒錯，凶手的想法肯定也和朱美小姐一樣，覺得沒辦法下去。就算這麼說，要移動到相鄰陽台也同樣危險。這棟住宅大樓似乎相當受歡迎，上下左右都有人住。那麼樓頂呢？這是最不可能的事，因為這棟建築物沒有樓頂，只有人字形的屋頂。這麼一來，最不會引人注目，最可能安全逃離的路線究竟是哪裡？」

鵜飼說著看向窗外，他的視線朝向停車場對面的黎明大樓樓頂。

「不會吧……凶手想從這個房間移動到我大廈的樓頂？」

「對，就是這樣。後站居四樓到黎明大廈的樓頂，直線距離不到二十公尺，雖然有點角度卻並非不可能。而且在這麼高的位置移動，地面的行人或駕駛也不會目擊。咦，問我怎麼移動？當然是沿著繩索在空中移動啊？」

「你說繩索？從這個房間的陽台拉繩索到我大廈的樓頂？不會吧，這種繩索什麼時候拉的？」

「距離現在的幾天前——至少在兩天前的晚上，兩棟大樓中間肯定有繩索。但我覺得當時還不是繩索，而是細長透明的釣魚線之類吧。」

「兩天前晚上，就是酒店的高橋先生在停車場上空看到奇怪黑色物體的晚上吧。到頭來，那個東西的真面目是什麼？」

「我不知道正確答案，但應該是蝙蝠吧。蝙蝠掛在橫跨兩棟大樓的透明線休息，高橋先生湊巧在地面看到這一幕，以為黑色物體輕飄飄浮在一無所有的空中——就是這麼回事。」

「是喔，不過那麼細的線，沒辦法讓人類抓著移動啊？」

「當然。那條線只不過是執行密室殺人計畫的機關，凶手恐怕是預先訪問或潛入這個房間，從陽台垂下釣魚線，將另一頭拉到黎明大樓綁在樓頂鐵柵欄吧。」

「我說啊，這種事用講的很簡單，其實是很費力的工作喔。」

「沒錯。正因如此，凶手才在實際行凶的數天前布局。預先在兩棟大樓之間拉出一條細線，再利用這條線拉一條粗繩索，事情就簡單得多吧？實際拉粗繩索是行凶當晚的事。」

「行凶當晚……難道是昨天深夜？」

雖然很模糊，但朱美隱約想像得到。鵜飼率直點頭回應。

「沒錯。凶手昨晚造訪這間套房，使用看似意外喪生的做法殺害倉澤敦夫先生。雖然不知道詳情，但大概是使用簡單的方法吧，例如用酒或安眠藥讓對方睡著，再浸入放滿水的浴缸。殺人計畫姑且順利完成，接下來才是問題。凶手走到陽台，靠著事先拉好的細線，在後站居與黎明大樓之間拉一條繩索，一條隱藏在黑夜的黑色繩索。而且繩索肯定是兩圈，才能在逃離之後從黎明大樓那邊回收繩索。位於陽台的凶手以及位於黎明大廈樓頂的共犯，兩人一起進行這項工作。」

「你為什麼知道黎明大廈樓頂有共犯？你看到了？」

「我沒看到，但我知道有共犯，不然就不合邏輯。」鵜飼如同要朱美別插嘴專心聽，如此斷言之後繼續說明：「繩索順利拉好之後，終於要逃離四樓了。凶手將繩索穿過腰間的粗腰帶，這是安全帶。這麼一來萬一沒抓好繩索，也不用擔心摔下去。凶手悠哉吊在繩索上，開始在空中朝黎明大廈移動。不過壞事真的不能做，此時發生了最壞的狀況！」

「什麼？發生了什麼事？」

「繩索斷了——大概是開始移動沒多久，就從陽台這邊噗嘰斷掉。」

「咦咦，噗嘰斷掉？既然這樣，繩索上的凶手變得怎麼樣？」

「變得怎麼樣？」鵜飼咧嘴回應：「那還用說？繩子另一邊綁在黎明大廈樓頂，拿著斷掉繩索的凶手，只能在停車場上空模仿泰山了。實際上，凶手就是這麼做。雖然沒發出『啊～啊啊～』這熟悉的泰山吆喝聲，不過解釋成他害怕到發不出聲音就合情合理。」

「泰、泰山……朝黎明大廈……好恐怖！」

「沒錯。這時候希望妳回想一下，停車場大約是十五公尺見方，也就是說，隔著停車場而蓋的兩棟大樓距離大約十六、七公尺。另一方面，黎明大廈大約多高？雖然沒有詳細計算，不過以一層樓三公尺來算，五層樓是十五公尺高，加上樓頂鐵柵欄的高度，肯定還是有十六、七公尺。妳知道我想說什麼吧？」

「凶手手中的繩索長度，和黎明大廈的高度差不多是吧？」

「沒錯。也就是說，凶手只要緊握斷掉的繩索，並且抓準時機鬆手，就可以平安落地——或許吧！」

「不可能啦，完全不可能。」朱美無情地斷言。「因為凶手以泰山狀態接近地面的時候，力道肯定很強，不可能平安著地，最後會狠狠撞上黎明大廈外牆——啊，原來如此！」

朱美至此終於覺得自己看出鵜飼述說的真相了。

「對，正是如此，不可能平安著地。那個大學生看見的是凶手努力嘗試這種不可能的著地，卻悽慘失敗的模樣。妳應該懂了吧？朝大樓外牆全力狂奔撞上去的人——中原圭介就是殺害倉澤敦夫的真凶。」

「……………」果然如此。朱美點了點頭。「中原圭介不是自願跑去撞牆，只是他想停卻停不下來罷了！」

「沒錯，中原圭介不想自殺，也沒有嗑藥，只是被斷掉的繩索甩得降落停車場，就這麼沒辦法煞車，全力奔跑數公尺，最後終於停不下來，狠狠撞上大樓外牆，而且大學生偶然目擊這一幕。不過大學生看不到黑色繩索，所以就他看來，這個突然出現在停車場的人，不知為何主動狠狠撞牆。朱美小姐，怎麼樣？這就是全力撞向眼前牆壁的超積極男性真面目。妳很失望吧？」

「沒什麼好失望的。」朱美原本就不覺得是什麼「超積極男性」。「不過，沒想到全力狂奔神祕人的真實身分是殺人凶手。」

朱美無奈說完，催促鵜飼繼續說明。

「我們發現躺成大字形的中原圭介時，沒看到任何地方有繩索，代表繩索在那時候已經收掉了吧？」

「沒錯。中原圭介變成泰山狀態落地之後，黎明大廈樓頂的共犯肯定連忙將繩索捲上去。這裡提到的共犯當然是高島美香。」

「對，高島美香！她的行動莫名其妙，她今晚原本想做什麼？」

「搬屍體。」鵜飼很乾脆地回答。「所以她才會深夜開車過來。對了，她不是背了一個大包包嗎？我們去確認裡面的東西吧。」

兩人打開放在玄關門口的包包，裡面是折疊式輪椅。

「看，沒錯吧？高島美香打算以這台輪椅偷偷將屍體搬離房間。」

「為什麼必須這麼做？」

「那還用說？既然密室殺人出了紕漏，就非得這麼做。」鵜飼再度回到起居室，繼續說明。「中原圭介與高島美香計畫一起殺害倉澤敦夫先生，並且偽造成他在密室意外喪生。內幕大概是這位老先生意外過世之後，他們的相關人物領得到保險金吧。他們的密室殺人計畫如剛才的說明，蠻橫到稱不上是詭計，但他們失手了。中原圭介免於摔死，卻被救護車送進醫院，還接受警方偵訊。結果雖然以自殺未遂之類的說法不了了之，但事實上造成了一場騷動。如果就在這個時間點，在後站居的某間套房發現老人離奇死亡，警方會依照他們的盤算，將這個案子當成普通的意外處理嗎？」

「不，沒辦法期待這種結果，警方沒這麼天真。」

「那當然，連我們都認為這兩個事件相關，警方也一樣。這麼一來，中原圭介光是假裝失憶，也無法避免警方追查——如何，懂了吧？現在的他們一定要避免倉澤敦夫先生的屍體被發現。」

「所以才想將屍體搬離房間啊。中原圭介在床上不能輕舉妄動，所以由高島美香獨自負責。」

「對。不過這裡有個大問題。屍體所在的房間是不夠嚴謹的密室，是他們自己造成的。要入侵只能從四樓陽台潛入。」

「啊，對喔，就算想搬走屍體，也得先進房才行。」

「一點都沒錯。所以到最後，高島美香只能親手毀掉他們打造的密室，而且是將玄關門鏈鎖剪斷的粗暴做法。」

「原來如此，是這麼一回事啊……」

朱美回憶剛才發生的事。高島美香被鵜飼目擊決定性的場面之後拚命試著逃走，然後殃及鵜飼一起摔下樓。

這就是今晚事件的一切真相。

就這樣，倉澤敦夫命案在發現屍體的同時突然破案，以這種奇妙的形式閉幕。摔下樓昏迷的高島美香被警方帶走，在醫院病床上的中原圭介也肯定得重新接受警方偵訊。他親口說出神祕全力奔跑的真相時，不曉得警察們究竟會露出何種表情。

至於朱美，則是在意她費心製作的餐點去向。

「到最後，我朱美小姐特製的『炸牡蠣三明治』是誰吃掉的？」

她隔天來到偵探事務所詢問。鵜飼看著手邊的文件粗略回答：

「唔～我沒吃喔，不可能吃。應該是妳帶回去了吧？」

朱美當然不可能帶回去。那麼究竟——啊！

朱美有種不祥的預感，就在這時候，事務所的電話響了。她一邊進行負面想像，一邊拿起話筒，電話另一頭傳來流平虛弱的聲音。

『朱美小姐……今天幫我向鵜飼先生請假……嗯，我好像吃壞肚子……』

「啊啊，這樣啊，我知道了，我會轉達。」

朱美簡短回應之後放下話筒，收起表情告訴鵜飼：

「流平說他頭痛，所以要請假——」

偵探拍下的光景

〇

女大學生小松綾香造訪佐佐木教授的住處時，門前有兩名男性。兩人站在積雪的門前，看似深入討論著某些事。

身穿米色樸素大衣的年長男性是文學系的青山教授。個子不高的他，肩上背著和體格不搭的大包包，冷到縮起身體。站在旁邊的是身高幾乎一八〇公分的壯漢，是同屬文學系的森副教授，高大的身體穿著深藍色粗呢大衣，背上背著看似沉重的背包。

綾香跑向兩人，他們隨即露出「哎呀？」的表情注視她。

「這不是小松嗎？難道妳也被叫來？」森副教授問。

「是的。」綾香說著，從手提的小包包取出手機，將一小時前收到的信顯示在液晶螢幕給兩人看。

「佐佐木教授寄這封奇怪的郵件給我，要我早上十點到他家。」

「我也是。」副教授點了點頭。「青山教授好像也收到相同的郵件。」

「總之就登門拜訪看看吧。」青山教授從門柱旁邊指向宅邸。

三人穿過外門，踩著堆積不久的雪，筆直走向宅邸。院子是整面的銀色世界，只留下一道腳印，推測是男性的腳印。

「是佐佐木的腳印吧。」

青山教授輕聲說。佐佐木教授獨自住在這裡，這麼想也在所難免。

腳印看起來從外門通向玄關。三人沿著腳印前進，很快就抵達玄關。

青山教授按門鈴，卻沒有回應。試著多按幾次也是同樣的結果。

「奇怪。」青山教授蹙眉。「自己叫我們過來卻不在家？」

「不，我想教授應該在家。」森副教授指著留在院子的男性腳印。「如果這是佐佐木教授的腳印，教授就很可能在家裡。」

「說得也是。不過在家卻沒應門是怎麼回事？」

「大概是沒聽到門鈴聲吧。」綾香握住門把試著轉動，門輕易開啟了，看來沒上鎖。「大聲叫叫看吧？」

兩名男性也同意綾香的提議。三人在玄關門外齊聲叫佐佐木教授，但是沒回應。事情來到這一步，三人終於露出不安表情地擠在一起。

「樣子實在不對勁。」青山教授說。「佐佐木該不會發生了什麼事吧？」

「確實，單方面寫郵件叫我們過來也怪怪的。」森副教授說。

「進屋找找看吧！」

綾香說完就脫下羽絨外套進入玄關，兩名男性也立刻照做。三人進入屋內就分頭檢視各個房間。

綾香到一樓深處的浴室檢視。許多年長者是在寒冷日子洗澡時身體出狀況，但是浴室沒人，廁所與廚房也沒有人影。接著二樓突然傳來「哇！」的男性慘叫聲。

是青山教授。綾香匆忙衝上樓，來到二樓走廊一看，面對走廊的一扇門開著。綾香毫不猶豫衝進房內。「老師！怎麼了？」

「教授，您還好嗎？」森副教授也繼綾香之後衝進房間。

這裡是寢室，氣派的床擺在靠牆處。床邊的青山教授露出害怕表情，他的視線朝向另一名矮小的老人。

這就是他們尋找的人，屋主佐佐木教授。但是小松綾香與森副教授看到他的瞬間同時尖叫。

「呀啊啊啊啊啊——」

「哇啊啊啊啊啊——」

佐佐木教授小小的身體彎曲橫躺在床上，臉部發紫，脖子纏著類似繩子的物體，身體動也不動。

佐佐木教授在寢室床上化為冰冷的遺體——

一

黎明大廈五樓某間住家——剛清醒的二宮朱美不經意拉開窗簾一看，窗外是出乎意料的銀色世界。雲層後方的藍天灑下耀眼陽光，照亮整面的白雪。烏賊川市區平常的邋遢模樣也在短暫期間上了純白的妝，成為讓人認不出來的美麗街景。

站在窗邊的朱美年約二十五歲，擁有整棟黎明大廈，自己優雅住在頂樓，是年輕的大樓屋主。在烏賊川市非常罕見的雪景，使她好一段時間天真地看到入迷。「唔？既然下雪……」但朱美突然隱約感到不安，皺起美麗的柳眉。「該不會又要發生什麼事吧……」

依照至今的經驗法則，烏賊川市下雪的日子，幾乎一定會發生重大案件。以最近來說，花見小路家的寶石失竊，或是善通寺家的交換殺人，都是在下雪的日子發生。此外好像還有案件是在下雪日子發生，總之無論如何，烏賊川市下雪的日子都要提高警覺。

應該說以烏賊川市的狀況，只要下雪幾乎都和案件有關。

烏賊川市就是這樣的城市。

而且依照至今的經驗法則還可以斷言一件事，這種下雪日子發生的事件，肯定和那個男的有關。「那個男的」是指住在朱美正下方的偵探。

私家偵探鵜飼杜夫，在黎明大廈四樓以「歡迎麻煩事」為標語高掛偵探事務所招牌的他，正是本市名聲最另類的偵探，簡稱名偵探。

對於烏賊川市出沒的歹徒來說，鵜飼無法預測的各種活躍與失敗，有時候令他們發抖，有時候將他們捲入歡笑的漩渦。許多罪犯因為他的功績而落網，另一方面，逃離他追捕的罪犯人數更多。雖然這個人褒貶不一、功過參半，卻無疑是引起朱美注意的鄰居。

「這麼說來，鵜飼先生昨天也說要去盯梢……」

雖說是盯梢，卻也不是不眠不休地監視凶惡歹徒的大本營，單純是調查外遇。這幾天，鵜飼為了掌握外遇的決定性證據，逐一監視某個男性的行動，就算下雪應該也不會暫時中止調查外遇吧，突然的大雪反倒可能成為外遇男性臨時外宿的最好藉口。

「也就是說……」朱美微微閉上雙眼。

她試著在腦海想像偵探在下雪夜晚忍著寒冷拚命工作的樣子，隨即——

不知為何，眼前浮現貧窮偵探向行人兜售火柴的光景。偵探頭上堆滿雪，臉色蒼白發抖佇立在街角，後來疲憊至極的偵探點燃一根火柴想取得須臾溫暖，在小小的火光中，他看見美味大餐與暖爐火焰，以及坐在搖椅述說推理的夏洛克・福爾摩斯……唔哇，大事不妙！

「鵜飼先生肯定快凍死了！」被己身妄想增添不安情緒的朱美，握拳擅自宣布：

「不能這樣下去！我非得去救他才行！」

到頭來，這名委託人是在數天前來到「鵜飼杜夫偵探事務所」。門發出軋轢聲打開，現身的委託人是即將步入中年的女性。她脫下絲絨黑色大衣之後，底下是時尚的灰色套裝，窈窕腰身非常搭配窄裙，給人沉穩的氣息。但她並非只是衣物高價，生活水準應該在中等以上。

「那個……我叫水澤優子，想來商量一件事……」

委託人的視線無依無靠地游移，大概是初次造訪偵探事務所而緊張。鵜飼以擅長的商業笑容迎接她。

「嗨，歡迎來到我的偵探事務所，我們偵探事務所全體同仁由衷歡迎，請到沙發坐吧，茶水立刻奉上——」

水澤優子聽話坐在沙發，反觀朱美為鵜飼的話語歪過腦袋。

「……全體同仁？」

事務所裡除了偵探與委託人，只有朱美一個人。她只是湊巧來玩，不過似乎也被列入「全體同仁」了。鵜飼奸詐說謊想將部下人數灌水，朱美因而遭殃。

（我？）朱美指著自己的臉。（對，妳！）鵜飼指著她。

開什麼玩笑！我不是事務所的職員，是事務所的房東啦！

像這樣說出真相很簡單，但是在首度見面的女性面前起口角很幼稚。朱美判斷這時候還是為這個愛慕虛榮的偵探留點面子比較好。

「是～那我去泡咖啡喔——」

朱美以像是能夠射穿人的視線瞪向鵜飼，然後獨自走向廚房。

將三杯咖啡放在托盤端回房間一看，水澤優子終於準備說起委託內容。朱美將咖啡杯放在桌上，極為自然地坐在鵜飼身邊的座位，加入他們的對話。

「……外子在烏賊川信用金庫擔任業務部長，我懷疑他最近和年輕女性私會。」

然後水澤優子提出幾個事例，說明她懷疑丈夫外遇的經過。例如衣著品味改變、留在襯衫的香水味、出差與外宿次數突然增加，或是將手機帶進廁所等等——

不過，聽她述說的鵜飼板著臉。鵜飼原本就對乏味又麻煩的外遇調查興趣缺缺。

「原來如此，不過……」他在委託人說到一個段落時沉重開口。「這無疑都是可以質疑外遇的根據，卻稱不上是決定性的證據，無法否認可能只是您多心。夫人，您不介意嗎？即使『調查之後毫無結果』，但我是斤斤計較的職業偵探，當然還是會收取報酬，絕對不便宜喔。不覺得將錢用在這種地方很浪費嗎……可以嗎，夫人，真的可以嗎……」

別將寶貴的錢用在調查外遇這種荒唐的行為——偵探親切地如此建議。這麼討厭調查外遇的偵探很罕見。

但水澤優子沒收回自己的委託。

「無妨，請務必調查，因為肯定有隱情。是的，絕對沒錯，這是女人的直覺！」

最終的根據是這個？朱美與鵜飼無奈轉頭相視，但對方如此熱心委託，偵探也沒理由拒絕吧。最後鵜飼接受了水澤優子的委託，而且隔天就開始監視她丈夫的行動。

順帶一提，委託人丈夫叫做水澤晉作，五十五歲的金融員，只看照片是表情正經八百的人，絲毫感覺不到外遇的可能性……

二

話說，擔憂鵜飼遇難的朱美，穿上紅大衣加羊毛圍巾，單寧褲底下還加穿防寒緊身褲，以這樣的重裝備衝出黎明大廈。盯梢地點是向戶村流平打聽的。叫做流平的男性才是貨真價實的鵜飼助手，他說鵜飼在稍微遠離市區的住宅區——幸町的某間公寓監視。朱美為黑色賓士愛車加裝雪鏈，一路沿著溼滑的雪道前往幸町。

她在將近上午九點時抵達現場。

那棟公寓位於叫做「美雪坡」的陡峭坡道上，公寓也叫做「美雪莊」。古老的看板上面堆積數公分的雪。

問題在於偵探在公寓何處監視。從車窗環視四周，所見之處都沒有鵜飼的身影。這是當然的，偵探正在盯梢，要是形跡敗露就沒辦法盯梢，肯定躲起來了。不過，他在哪裡——？

朱美將賓士停在坡道，沿著美雪坡往下走，尋找鵜飼躲藏的地方。不久，她發現坡道旁有間適合盯梢的空屋。應該無人的住家前面，坐鎮著一尊大得不自然的雪人。究竟是誰堆的？

「總覺得這個雪人很可疑……」朱美輕聲說著接近過去。

「不可疑喔，只是普通的雪人……」普通的雪人說話了。

「…………」與其說普通更像是靈異現象，或者是開玩笑的領域。

朱美抱持無奈心情看向雪人另一側，正如預料，鵜飼就蹲在那裡。熟悉的西裝加一件黑色大衣，脖子掛著做生意的火柴盒——更正，是單眼相機。他以雪人為掩體，視線筆直看向「美雪莊」，看來他確實正在盯梢。話說回來——

這尊雪人是鵜飼堆的？用來藏身？沒有其他適合的藏身處嗎？朱美腦中浮現各種問題，但是沒問出口。就算問了，他也肯定會一派正經地全部回答「YES」，鵜飼就是這種人。

「抱歉，可以別站在那裡嗎？」此時，偵探囂張地向朱美提出要求。「這樣妳看起來像是在對雪人講話吧？要是引人起疑就麻煩了。」

「哎呀，會回話的雪人更容易引人起疑吧？」

朱美低聲挖苦，聽從鵜飼的吩咐躲在雪人後面。

「話說回來，現在是什麼狀況？工作順利嗎？」

「還不曉得。昨晚水澤晉作一個人進入那間公寓的一〇一號房，很可能在房內密會某人，但我還沒辦法確認對方的長相。」

鵜飼說著，以掌心愛憐地撫摸掛在脖子上的單眼相機。

「無論如何，要是水澤晉作帶著女人走出那間屋子，就是按快門的機會。我的相機將捕捉決定性的瞬間，任務就此結束。」

「會這麼順利嗎？對方應該也在提防吧。」

「只能祈禱自己走運了。話說回來，妳來這裡有什麼事——咦，探望？」鵜飼臉色瞬間鐵青。「這、這真令我感謝……不過妳該不會沒受到教訓，又做了『特製炸牡蠣三明治』之類的東西過來吧？」

朱美在上次事件大顯身手製作的「特製炸牡蠣三明治」，鵜飼並沒有吃（後來進入流平嘴裡，破壞他的胃），這次是復仇戰。她當然準備了特別的餐點過來，要讓鵜飼的舌頭改觀。

朱美從包包取出保溫餐盒，打開蓋子遞出內容物，鵜飼隨即害怕得扭曲表情，聲音微微顫抖。「這、這是什麼？」

「朱美小姐特製的『醃鯖魚紅辣椒三明治』。看起來很好吃吧？」

朱美掛著甜美笑容拿起一個三明治，強行遞到他面前。

「來，吃吧！」

「這是『不吃就沒命』的意思吧？沒辦法，抱著必死決心享用吧……」

鵜飼戰戰兢兢伸手接過溫熱的三明治，閉上眼睛咬下。但是在下一瞬間，他的表情變得黯淡，嘴角軟弱半開，溼潤的雙眼滲出家犬被拋棄般的哀傷神色。看到他消沉的模樣，朱美不知所措。

「咦，怎麼回事，不喜歡醃鯖魚嗎？既然這樣就早說嘛，真見外……」

「不是見外！是很腥啦！」鵜飼氣沖沖地將沒吃完的熱三明治砸回餐盒。「到頭來，居然用麵包夾醃鯖魚加熱，妳的構想太創新了吧！這種破天荒的點子是從哪裡冒出來的？」

「……這是在稱讚？」難道很好吃？

「妳光是舌頭有問題還不夠？」鵜飼不悅地撇過頭。「何況鯖魚有寄生蟲，要是由冒失的人拿來做菜會發生慘事……唔喔！」

鵜飼慌張拿起胸前相機，視線隔著雪人投向公寓。美雪莊位於陡坡往下的二十公尺處，一樓邊間的玄關門開啟，即將有人現身。

「好，兩個人一起出來吧……出來之後看著這邊的鏡頭別動……」

鵜飼說著不可能實現的願望，看向單眼相機的觀景窗。

出現了兩個人，中年男性與年輕女性。男性肯定是在相片看過的水澤晉作，女性是陌生臉孔，她的右手撒嬌般挽著男性左手。

看來偵探的祈禱成真了。剛密會結束的兩人比想像的更沒戒心。

鵜飼在朱美身旁按下快門。喀喳喀喳喀喳喀喳……連拍快門發出輕快聲響。

走出玄關的兩人來到積雪斜坡，兩人都背對這裡。鵜飼看著觀景窗，以不耐煩的聲音說：

「喂，再一次，轉過來啊……走上坡啊……」

但是這對男女一反偵探的願望，就這麼背對這裡並肩走下斜坡，兩人的背影逐漸遠離，按快門的機會到此為止——

在如此心想的瞬間，女性一個轉身筆直指向這裡。

被發現了嗎？朱美不禁縮起身體，但女性的表情出乎意料是笑容。「你看你看！那裡有一個大雪人耶！」女性拉著男性的手這麼說。不對，不確定她是否這麼說，不過感覺很像。被拉手的中年男性也咧嘴看向雪人，奇蹟的按快門機會就此來臨。

「喔喔，好棒！完美看著鏡頭！這正是『雪人效應』！」

喀喳喀喳喀喳喀喳……

全神貫注按快門的鵜飼彷彿知名攝影師篠山紀信，但這對男女完全沒發現自己被狂拍，應該也想像不到純真無瑕的雪人背後躲著狡猾的偵探吧。這或許也可以稱為「雪人效應」（不過到頭來，「雪人效應」是什麼？）。

最後，這對男女再度背對這邊走下美雪坡。等到看不見兩人背影之後，朱美與鵜飼走出雪人後方。

「如何，鵜飼先生，好好拍下來了嗎？」朱美想窺視相機的液晶畫面。

「不行。」鵜飼不知為何將手上的單眼相機拿開。「——晚點再給妳看。」

「有什麼關係啦，小氣！」

朱美伸手要拿相機，鵜飼不讓她碰。朱美伸出手，鵜飼逃走。

下一瞬間，鵜飼的腳在積雪表面打滑。

「嗚哇！」鵜飼一屁股跌坐在地。「嗚哇啊啊啊啊啊！」

偵探就這麼抱著相機慘叫，沿著積雪斜坡滑下去——

隔天，委託人水澤優子再度以端正的套裝打扮出現在偵探事務所。

鵜飼將拍下的所有照片擺在桌上，一副「怎麼樣啊？」的驕傲表情。朱美和上次一樣以職員身分到場見證。

委託人一看到照片就輕輕「啊」了一聲，她看過照片裡的年輕女性。她以顫抖的手捏起一張照片。

「這個人是大崎小姐，大崎茜小姐，是以前來我家當女兒家教的女大學生——不對，她現在應該也已經出社會就業了。」

「原來如此，那麼看起來沒錯了。您丈夫前天晚上偷偷和早就認識的大崎茜小姐見面，不曉得兩人的關係從家教時代就開始，還是最近才開始……啊，夫人，請您冷靜。」

「嘰咿咿咿咿咿咿——」

不像哀號也不像憤怒的奇怪聲音。這是委託人顯露屈辱與憤怒的一瞬間。

總之，鵜飼的任務就此結束。偵探以現金方式取得絕對不算少的報酬，反觀委託人則是得到丈夫外遇的證據照片。

朱美單純基於好奇詢問水澤優子：

「您打算怎麼使用這些照片？」

「我要離婚，這些照片到時候應該會助我占優勢吧，因為我非得向外子要求相應的贍養費才行。」

水澤優子宣布要和丈夫全面抗爭，表情透露出難以親近的嚴厲感。

水澤優子鄭重向鵜飼與朱美道謝之後，離開偵探事務所。

在委託人離去的事務所裡——朱美鬆了一口氣。

「看來，那位先生的外遇出乎意料得賠上不少錢呢。」她半同情地低語。

鵜飼再度清點信封裡的現金說：

「確實，不過接下來是他們夫妻的問題。無論會成為糾纏不清的離婚戲碼，還是血腥火爆的夫妻衝突，都和本偵探事務所無關。偵探這一行就是這麼回事。」

鵜飼似乎已經對水澤夫妻失去興趣。他好好清點現金之後，宣布「這個委託就此了結」，將信封收進手提保險箱。

不過，原本以為就此了結的事件，在三週後出現意外的演變——

三

水澤優子第三次出現在「鵜飼杜夫偵探事務所」的時候，朱美一下子認不出這個女性是誰。不只是外遇調查已經結案一段時間，最大的原因在於她的模樣。她極度激動，氣喘吁吁，視線像是害怕某種東西般游移，臉頰紅得像是柿子。雖然衣著幾乎和三週前相同，卻失去端正沉穩的氣息。

鵜飼冷靜地對昔日的委託人說：

「嗨，水澤夫人，您臉色大變是發生了什麼事嗎？如何，和您丈夫離婚的事情進行得還順利嗎？拿得到贍養費嗎？」

「關、關於這個……」水澤優子上氣不接下氣般顫抖嘴脣。「外子……外子遇害了！請幫幫我，警察在追我！」

「您、您說什麼？」鵜飼的聲音變尖。「您丈夫遇害？真、真的嗎？」

「嗯，是真的，但不是我殺的……我不可能殺掉外子，這種事……偵偵偵偵探先生，您相信我吧？」

「夫、夫人，請別激動，稍微冷靜一下吧。」

水澤優子似乎陷入輕度錯亂狀態。鵜飼摟住她，指向事務所一角的櫃子。「朱美小姐，幫我拿那邊的白蘭地過來。」

「知道了。」朱美迅速跑向櫃子取出白蘭地酒瓶，將酒倒進玻璃杯之後立刻遞給鵜飼。「來，拿去！」

「謝謝。」鵜飼接過玻璃杯，在一臉畏懼的水澤優子面前，自行喝光杯裡的酒。「呼～真帶勁啊～」

「你喝有什麼用啊，笨蛋！」朱美賞了鵜飼腦袋一巴掌。

接著，或許是過於老套的搞笑吐槽產生放鬆效果，陷入錯亂狀態的水澤優子，表情逐漸恢復冷靜。看來白蘭地這麼用也是一種正確做法。

冷靜下來的水澤優子坐在沙發上，向偵探說明來龍去脈。

「後來我立刻拿那些證據照片給外子看，要求離婚，同時帶女兒離家出走，現在住在姊姊家。畢竟離婚協商要一段時間，而且在正式離婚之前，和外子住在一起只有痛苦可言。即使如此，為了進行必要的溝通，我偶爾還是會到外子家，今天也是。」

「今天是週六，您丈夫也在家是吧。那麼，夫人是幾點過去的？」

「上午十點。我穿過外門要打開玄關大門時，突然聽到男性的呻吟，我立刻從玄關進屋看向客廳，發現外子趴倒在地上。我嚇一跳跑到外子身邊大聲叫他，但他沒有反應。我不經意一看，倒地的外子旁邊有一把沾血的刀。」

「啊，那把刀就是推理影集常見的刀，所謂的『絕對不能撿的刀子』。撿起那把刀的瞬間，清白的第一目擊者可能會被當成命案凶手。也就是說，夫人，您該不會將那把刀——」

「是的，撿起來了。」水澤優子很乾脆地回答。

鵜飼一臉無奈，轉頭和朱美相視。既然這樣，後續進展大致可以想像。「絕對不能撿的刀子」大致上都和「不知為何湊巧出現在現場的目擊者」配套。

鵜飼如此心想要催促水澤優子說下去，她果然接著說：

「我撿起刀子的瞬間，後面傳來女性的尖叫聲。」

「果然是這種演變嗎……」鵜飼無奈詢問：「所以尖叫的是誰？」

「外子的外遇對象大崎茜。她穿著睡衣站在那裡，看來她趁著我離家出走住進那個家，真是厚顏無恥的女人。」

「原來如此。那麼大崎茜看到妳之後呢？」

「她看著轉頭的我再度尖叫，似乎早早就認定我拿刀刺殺外子。」

「嗯，以當時的狀況難免會被這麼認為，所以夫人怎麼反應？該不會就這麼拿著刀，用力揮動右手說：『不對不對，不是我，不是我！』——做出這種引人誤會的舉動吧？」

「…………」水澤優子低著頭沒回應。

看來她做了引人誤會的行動。「水澤優子面露凶光，用刀子指著我激烈恐嚇」——大崎茜如此向警方作證的光景浮現在眼前。

「我嚇得扔下刀子奪門而出，之後連我都不曉得自己用什麼方式逃到哪裡，回過神來就站在偵探事務所的入口——」

水澤優子擠出聲音，為一連串的經過做個總結。

「我明白了。」鵜飼點了點頭，以指尖搔抓臉頰。「總之，我非常能理解您的心情，但是您採取了最差的行動。既然夫人沒做虧心事，果然不應該逃走。」

「您說得是，我當時完全亂了分寸……」

「不過木已成舟就無可奈何，重點在於今後的應對方式。光是逃跑也沒完沒了，思考如何證明夫人的清白吧。」

「這樣啊，比方說要怎麼做？」

「最好的方法就是逮到真凶——關於凶手，夫人心裡有底嗎？」

「有。」她以確信的口吻說出嫌犯名字。「是大崎茜。因為她當時也在現場吧？她看著我尖叫只是煞有其事的演技，實際上是那個女人刺殺外子，肯定沒錯。」

「原來如此，並非不可能。但是大崎茜在這個時間點殺害您丈夫有什麼好處？」

「我不曉得這種事，大概是基於他們自己的隱情吧。」

總歸來說，水澤優子認為大崎茜有嫌疑只是情緒化的論點，沒有具體的根據。偵探更改詢問的方向。

「最近您丈夫的行動是否有疑點？像是和別人爭吵，或是害怕某些東西。」

「外子因為離婚的事情和我爭吵，而且好像怕我。」

那麼，這個人果然是凶手吧？朱美抱持單純的疑問。

「這麼說來……」此時，水澤優子忽然想起什麼般開口。「雖然不曉得算不算疑點，但我注意到一件事。我剛開始要求離婚的時候，外子遲遲不肯答應。並不是抗拒離婚，反倒像是害怕我要求鉅額贍養費。」

「這也在所難免，以您丈夫的立場，無法免於支付贍養費。」

「不過，外子某天突然轉變態度。『好啊，隨時都可以離婚』——他就像這樣突然變得強勢。」

「喔，真奇妙，是基於什麼理由嗎？」

「不曉得，記得大約是十天前的事。」

「那麼，應該是那時候發生某些契機吧。夫人心裡有底嗎？」

「這個嘛，說到十天前……」水澤優子雙手抱胸思考片刻，接著抬起頭。「這麼說來，剛好在那個時候，外子向我提出奇怪的要求。」

「什麼奇怪的要求？」

「照片。他要我拿外遇證據的照片給他看，而且是所有照片。」

「所有照片？我拍的所有照片嗎？很多張喔，因為我當時得寸進尺，無謂按了好多次快門。」

無謂拍下的所有照片，都交給她這個委託人了。

「是的，外子說他想看所有照片。」

「是夫人要求離婚的時候，已經拿給您丈夫看過的照片吧？」

「是的，所以我當時不懂他為什麼想再看一次。」

「所以，夫人依照您丈夫的要求，將所有照片拿給他看？」

「嗯，畢竟沒理由隱藏，而且要是他想刁難照片，我也想聽聽他要怎麼刁難。我是在咖啡廳和外子見面，但我實際拿照片給他之後覺得掃興，因為外子不只沒刁難，甚至也沒有仔細看照片，只有簡單翻閱就說『知道了，夠了』，立刻將照片還我。」

「只有這樣？光是這樣，您丈夫對於離婚的態度就突然改變？」

「唔，我也不曉得這是不是契機……」

此時，偵探事務所的門被粗暴打開，如同要打斷她的話語——

「打擾啦。」首先出現的是身穿褐色風衣的中年男性。

「打擾了。」接著出現的是手拿大衣、身穿西裝的年輕男性。

鵜飼一看到兩人就略為驚訝，但他立刻從沙發起身走向兩人，朝中年男性伸出右手要握手。

「嗨，真難得，這不是砂川警部嗎？好久不見呢，記得上次見面是在葛橋的橋頭跳放浪兄弟的舞吧?」

「別講得引人誤會。」砂川警部一副不願回憶般的表情低語。

警部無視於鵜飼的右手,鵜飼不情不願收回右手。

「總之,很高興確認你還活著。最近一直沒看見,還以為你早就殉職了。對——就像是可憐的志木刑警那樣。」

「喂,別擅自殺掉我啊!」年輕男性從旁邊探頭——他就是志木刑警。「我確實曾經被河水沖走摔落瀑布,但我沒死喔。話說你的手下怎麼了?我一直沒看到那個傢伙的輕佻模樣,那傢伙死了?」

「輕佻……啊啊,你說流平吧?是的,他死了。」鵜飼很乾脆地以話語殺掉自己的助手,然後詢問兩名刑警:「話說回來,烏賊川警局引以為傲的最強搭檔要委託我什麼事嗎?」

「怎麼可能委託!」砂川警部扔下這句話就經過鵜飼身邊,站在坐在沙發上的中年女性面前。「妳是水澤優子小姐吧?關於水澤晉作的命案,我們想請教幾件事,方便和我們一起去局裡嗎?方便一起去吧?一起去吧!」

警部一副像是要用繩索套住脖子帶走的魄力,志木刑警也不容分說地以右手抓住她的手臂,看來他們已經認定水澤優子是殺害丈夫的真凶。

「請等一下!」大概是對兩人的舉止感到憤慨,鵜飼大聲怒喝。「這位是我的委託人，就算是警察，要是敢對我的委託人動粗，我也不會原諒！」

砂川警部隨即以銳利目光瞪向偵探。

「就算是偵探，要是敢做出藏匿嫌犯的行徑，我們警察也不會原諒喔。」

「好了好了好了好了好了好了好了……警部先生，請不要著急啦。」

「著急的是你吧？」朱美低語。鵜飼依然掛著低聲下氣的親切笑容。

「哈哈，居然說藏匿，別這樣，我只是想讓事情和平收場罷了。」

剛才放話說「我也不會原諒！」的氣勢去哪裡了？朱美對偵探的表現失望，代替沒骨氣的他抗議。

「刑警先生！你將她當成凶手太武斷了，你有什麼證據嗎？」

「沒有證據，但是有目擊者。一名女性目擊水澤優子在屍體旁邊拿著刀。依照她的證詞，水澤優子以恐怖表情持刀朝向這名女性，而且大幅揮刀激烈恐嚇。」

「…………」啊啊，大崎茜！妳的誤解正如期待！

「就是這麼回事，所以肯定沒錯，你們也不要無謂插手。」

砂川警部說完再度要求重要嫌疑人同行，水澤優子從沙發起身，乖乖聽從警部的要求，臉色蒼白到像是被宣判死刑的被告。朱美不禁在她後面出言激勵。

「不要緊的，別擔心！妳的清白肯定……肯定會，由這位鵜……還、還是算了，沒事！」

「咦，什麼？」水澤優子露出期待目光轉身。「妳剛才說了什麼？」

「沒什麼！我什麼都沒說，所以請不要抱持奇怪的期待！」

朱美將頭搖到幾乎要斷掉，水澤優子隨即露出非常失望的神色。接著，沉默至今的偵探向前一步，大概是終究無法坐視吧。

他握拳輕敲自己左胸，堅定放話宣布：

「夫人，請放心！您的清白，我鵜飼杜夫肯定會協助證明！請抱持坐上大船的心情等待佳音吧！」

水澤優子的表情瞬間變得開朗，說句「拜託您了」微微低頭致意。這一瞬間，鵜飼的表情緊繃，朱美感到心痛。

水澤優子在兩名刑警左右戒護之下，離開偵探事務所。

刑警們下樓時的對話，傳進偵探事務所——

「警部，感覺我們好像是跑腿的反派？」

「沒那回事，我們只是秉持正義而行動！」

再也聽不到刑警們的聲音之後，朱美再度看向事務所內部。

剛才充滿自信拍胸脯的鵜飼，如今握拳猛捶牆壁。

「混帳，混帳！我這個傢伙為什麼又多嘴了！明明完全沒辦法保證能證明她的清白啊！啊啊真是的，接下來怎麼辦啊！」

「對不起了。」朱美看著陷入自我厭惡的鵜飼，終究也只能道歉。

四

數小時後的偵探事務所——

「哎，算了。」偵探擺脫自我厭惡的情緒，恢復平常的輕浮表情，掛著看開的笑容，將大約三十張的照片排列在桌上。

「雖然是順勢放話，不過既然在砂川警部面前囂張斷言，如今也沒辦法了，只能證明委託人的清白，不然會被他們拿來當成往後三年的笑柄。」

朱美不清楚這個人的想法究竟積不積極，總之既然他打起幹勁，朱美也得到台階下了。

「所以，在下雪日子拍的這些照片就是線索？」

「希望如此。」鵜飼含糊回應。「老實說，我不知道這些照片和水澤晉作遇害是否有直接關係，只是晉作看了這些照片就突然積極辦理離婚程序罷了。不過晉作的命案很難當成和這次的離婚完全無關吧？」

「是啊，兩者看起來確實有關。」

朱美檢視並排的照片，旁邊的鵜飼也盯著相同的照片看。

「嗯，無論怎麼看，照片裡似乎都只有感情很好的外遇情侶。」

「並不是『只有』吧？照片有拍到下坡行駛的車子，還有住家與公寓，而且也拍到人影──」

「人影？哪裡？」

「看，這裡。」朱美拿起一張照片，指著上頭某處。

照片裡是蓋在坡道下方的獨棟住家，看起來挺豪華的，特色是積雪的三角屋頂。住家院子有個黑黑的人影。當時鵜飼是在坡道上方拿著相機，因此偶然從斜上方角度拍到下方住家庭園行走的人影。

「看，這是人吧？」

「是啊。」鵜飼掃興般低語，上半身靠在椅背。「不過雖然是人，卻只有豆子那麼大，而且是背影，甚至看不出性別。」

「哎，是沒錯啦……」

此時，偵探事務所的門用力開啟，不請自來的那個男性現身了──

「哎呀，兩位在做什麼？難得看你們表情這麼嚴肅。」

耍嘴皮子踏入事務所的這名年輕男性，身穿運動夾克與牛仔褲，脖子圍一條土黃色圍巾。是偵探的徒弟戶村流平。

朱美只將視線投向他，說出簡短的感想。「哎呀，流平，你還活著啊。」

「呃，朱美小姐，怎麼突然這麼說？」流平以拇指指著運動夾克胸口，一副得意洋洋的表情。「別看我這樣，我至今還沒死過喔。」

「喔，原來如此。」

他還不曉得自己剛死一次。朱美轉頭看向殺害流平的當事人，鵜飼像是裝傻般，又拿起一張眼前的照片。

「啊啊，流平，你來得正好，其實關於這張照片……啊啊，那個……不，問你也沒用。」

「不行啦，鵜飼先生，別放棄！俗話不是說三個什麼勝過一個諸葛亮嗎？流平，你看這些照片有發現什麼嗎……啊啊，也對……還是算了。」

說來神奇，沒有其他人比戶村流平這個青年更不令人抱持期待，會當真覺得與其期待他，不如找路邊的野貓問路。

「兩、兩、兩位怎麼了？居然用『曾經是第一指名選手，如今不列入戰力』的眼神看我，我不太舒服。」

流平嘟嘴抗議，不過光是認為自己是「昔日的第一指名選手」，他就很幸福了。朱美無視於這個想法悠哉的青年，再度低頭看照片。

接著，流平也硬是從旁邊伸出頭，拚命想加入兩人。

「喔，這些照片是下雪的那天拍的吧。唔～這就是鵜飼先生說的『面向雪人看鏡頭的笨蛋情侶』啊～原來如此～」

這對師徒似乎交談過這種話。居然形容為笨蛋情侶，水澤晉作與大崎茜聽到應該會火冒三丈吧。朱美思考著這種事時，流平毫無徵兆就突然換個話題。

「啊，這麼說來，兩位知道嗎？烏賊川市立大學的教授這天絞首自殺喔。」

雖然很多人忘記，不過烏賊川市立大學是戶村流平曾經就讀，並且被迫輟學的母校。那裡的教授自殺，真要說的話確實耐人尋味，不過——

「唔，自殺？」鵜飼以無法釋懷的表情反問：「為什麼現在突然講這件事？沒人提到大學教授自殺的事吧？」

接著，流平以下巴朝眼前照片示意，面不改色地說：

「因為你們看，那張照片不就拍到那個大學教授的家嗎？」

「你說什麼？」鵜飼突然稍微起身，將手上照片伸到流平面前。「哪裡？你說哪裡拍到了？」

「這裡啊，你看，坡道下方有一間大屋子吧？這就是佐佐木教授的家。」

這一瞬間，朱美「啊！」地驚呼。

流平指著三角屋頂頗具特色的獨棟住家。

照片拍到院子裡有個豆子大的人影——

五

隔週的週一，鵜飼與朱美造訪烏賊川市立大學教養社的咖啡廳。室內有許多學生吃午餐，但在寒冬的這個時期，屋外的座位只有貓群。在教養社此處餵食的貓咪們，擁有「教養貓」這個美妙的名字。

鵜飼摸著大腿上褐色條紋的教養貓，朱美默默喝咖啡。鵜飼斜眼看著似乎沒教養的教養社學生，輕聲說：

「在他們眼中，我看起來應該像是新來的副教授吧。」

沒那回事吧？怎麼看都是可疑人物。朱美在內心悄悄低語。

「在他們眼中，我看起來應該像是迷人的女大學生吧。」

「沒那回事吧？妳怎麼看都是世故的年長大姊姊啊？」

「…………」不可能！這裡的學生們和我肯定只差三、四歲。只要好好混進去，不可能分辨得出來！朱美忿恨不平。

「鵜飼先生～我帶來了～」此時，遠方響起戶村流平的聲音。

一個女孩跟在流平身後。她身穿貼身薄羽絨外套加上格子裙，黑髮綁在兩側，手提的小包包是可愛的粉紅色。

她醞釀出女大學生的閃耀光芒，朱美不知為何覺得眩目。

流平走到鵜飼面前，立刻為鵜飼介紹身旁的女大學生。

「她是發現教授自殺的女生，文學系二年級的小松綾香小姐，在校內別名『副教授殺手』，很受年輕副教授的歡迎。不過她發現佐佐木教授的屍體之後，似乎開始謠傳她是『真實的教授殺手』——沒錯吧？」

「雖然沒錯，但這種傳聞都是錯的～」小松綾香說著並扭動身體。「傳出這種奇怪的傳聞，綾香很困擾啦～不過綾香沒殺人喔～因為佐佐木教授是自殺～」

小松綾香按著羞紅的臉頰，可愛地搖了搖頭。原來如此，先不提「教授殺手」，不過「副教授殺手」的嫌疑非常重大。朱美對聲音甜美的她有所提防。

「總之，坐吧。」鵜飼邀綾香坐下。「這傢伙拜託你了。」他說著將教養貓託付給流平，再度面向前方進行自我介紹。「我是叫做鵜飼杜夫的小氣偵探。其實我想知道佐佐木教授死亡的細節，才會找妳過來。我當然會準備相應的謝禮。」

「咦，這樣啊～」綾香的雙眼很現實地開始閃亮。「那麼，我剛好想買個東西，所以沒問題喔～不過要我說什麼呢～？」

「首先，可以說明妳發現佐佐木教授屍體時的狀況嗎——啊，同學，麻煩講話盡量不要拉尾音，節奏快一點。」

「是～知道了～」

綾香完全沒聽懂般回應，然後終於開始說明。

「我想忘都忘不了，那是在大約三週前，下雪週六上午十點發生的事……」

綾香詳細敘述她發現佐佐木教授屍體的經過。除了綾香，青山教授與森副教授被相同的郵件叫去；覺得可疑的三人進入屋內；後來二樓房間響起青山教授的慘叫聲，諸如此類——

「……聽到青山教授的慘叫聲，我與森老師就衝進那個房間。那個房間好像是佐佐木教授的寢室，氣派的床擺在牆邊……佐佐木教授就躺在床上……脖子纏著睡衣腰帶死亡……」

「嗯？」發出疑問聲音的是抱著教養貓的流平。「從這個死狀來看，佐佐木教授是被某人勒死的？既然這樣就不是自殺，是他殺吧？」

「不，腰帶在教授脖子圍了三圈，而且打了死結。聽說像這樣將細繩綁在自己脖子上也可以自殺喔。」

「鵜飼先生，是這樣嗎？」流平半信半疑地詢問。

「嗯，確實也有這種案例的樣子，但是不太普遍。警方沒考慮他殺的可能性？」

「不是他殺喔~因為沒腳印~」

「腳印？」鵜飼與流平異口同聲。「什麼意思？」

「佐佐木教授推測是在上午九點左右死亡，換句話說，就是在他寄信到我們手機的時候。不過，假設某人在上午九點勒死佐佐木教授逃走，院子雪地肯定會留下凶手的腳印吧？因為當時雪已經完全停了。」

「原來如此，確實是這樣——那麼，沒有凶手逃走的腳印是吧？」

「是的。我們穿過外門的時候，院子裡只有一道腳印，是佐佐木教授的腳印。只有教授的腳印從外門筆直延伸到宅邸玄關，宅邸正面與後面都沒有其他腳印。」

「嗯，換句話說就是這樣吧？不再下雪的早晨，佐佐木教授從外面返家，在積雪留下腳印，穿過院子進入屋內。他在上午九點左右寄信給你們，後來將睡衣腰帶纏在自己脖子上自殺——」

「是的，警察似乎也是這麼認為，覺得教授之所以寄信給我們，是希望可以早點發現他的屍體。」

「原來如此，有道理。嗯，也就是說——」

鵜飼從旁邊的包包拿出褐色信封，裡面是那疊問題照片。鵜飼隨手從裡面取出一張，遞到綾香面前。

「依照妳的說法，這張照片的人影就是佐佐木教授吧。」

鵜飼說明這張照片是下雪那天上午九點左右拍的。

「哇，有這種照片啊～」綾香深感興趣般注視照片。「看這張照片不知道是佐佐木教授還是別人，不過以時間來看，確實是佐佐木教授吧。我覺得剛好拍到教授穿越院子前往玄關的背影～」

「這樣啊，嗯——這樣確實解釋得通，不過……」

鵜飼以左手拿起手邊其他照片，一邊以右手翻閱，一邊面有難色地低語。後來他停止動作，再度詢問綾香：

「我為求謹慎再問一次，外門通往玄關的腳印，首先是佐佐木教授的一道腳印，再來是妳、青山教授與森副教授共三道，只有這些吧？沒發現其他可疑的腳印吧？」

「是的，沒發現，所以警察判定是自殺。」

「順便問一下，妳當天穿什麼樣的衣服？」

「咦，當天的打扮嗎～」綾香露出「為什麼問這種事？」的疑惑表情，但還是確實回答。「下半身是窄管單寧褲，上半身是毛衣加羽絨外套，就是我現在穿的這件～還有，我也提了這個粉紅包包～」

「這樣啊。順便再問一下，妳聽過水澤晉作這個名字嗎？」

「不，沒聽過。那個人是誰啊～？」

「不，沒事。妳不可能認識——」

鵜飼說著再度翻閱手邊的照片，最後將照片放在桌上。「謝謝，我受益良多。」

他向綾香露出微笑。

斤斤計較的女大學生，當然不會被微笑輕易打發。綾香將右手伸到偵探面前。

「那麼～約定的謝禮就麻煩了～」她露出純真的笑容。

「啊啊，對喔，相應的謝禮是吧，我忘了。」鵜飼打響手指，以正經表情對身旁的助手下令：「那麼流平，給她那個吧。」

「知道了。」流平將教養貓放在桌上，然後突然起身，以眼睛跟不上的速度，將上半身彎成直角。「謝謝您！」

「…………」小松綾香頓時不曉得發生什麼事而愣住，數秒後才終於理解狀況。「啊～原來如此原來如此～『相應的謝禮』不是實質上的『禮物』，正如字面所述是『行禮』的意思啊～」

「總之，就是這麼回事。」鵜飼毫不愧疚，面不改色地點頭。「所以我一開始不就說了嗎？我是『小氣的偵探』。」

「原來如此～我明白了～既然你是這種態度……」小松綾香突然一把揪住偵探衣領，一改原本甜蜜的聲音，以低沉的聲音怒吼：「那我也不留情了，這個呆偵探！說到謝禮當然是鈔票吧！想上法院嗎，啊啊？」

「呃，不，我、我，絕、絕對，沒、沒、沒那個意思……」

最後，鵜飼獻上一張萬圓大鈔當謝禮，感謝小松綾香的鼎力協助。

綾香從他手中搶過鈔票，再度改變態度。

「謝謝～偵探先生～有緣再見喔～」

她留下甜蜜聲音&天使笑容離開了。

「實際上就像是被勒索呢。」

「不，這比勒索還恐怖。」

目睹現今女大學生的真相，朱美與流平瞠目結舌。

不過當事人鵜飼似乎絲毫沒受到教訓，就朱美看來，他甚至相當愉快。因為他不知為何摸著桌上教養貓的脖子，頻頻對貓說話。

「原來如此喵～是這麼一回事喵～」

六

當天晚上，命案關係人聚集在佐佐木教授住處的客廳。

砂川警部與志木刑警的警察搭檔，被警方懷疑殺夫的水澤優子，以及發現佐佐木教授屍體的青山教授、森副教授與小松綾香三人。鵜飼杜夫與二宮朱美當然也在場。至於戶村流平——不，完全沒看到流平，他似乎沒被當成命案關係人。朱美向鵜飼投以抗議的視線。

「叫流平過來也沒關係吧？他好可憐，好歹是你的徒弟吧？」

「流平？啊，我忘了。」鵜飼露出失算的表情。「哎，算了，不需要他。」

如此回答的鵜飼，提著平常很少提的黑色包包。

總之，在相關人士幾乎齊聚一堂的狀況下，最年長的青山教授首先表達不滿。

「刑警先生，這是怎麼回事？叫我們來這種地方究竟想做什麼？」

「沒有啦，關於這個……」砂川警部擦拭額頭汗水，指向牆邊的鵜飼。「其實是那邊的偵探強硬要求我召集相關人士，才會變成這樣——」

「偵探？」森副教授從身高一八〇公分的高度俯視鵜飼。「為什麼警察要對偵探言聽計從？難道那邊的他是匹敵金田一耕助或明智小五郎的名偵探？」

「不，我不會這麼說，但總之聽聽他的說法吧。要是沒辦法接受，各位之後要殺要剮都隨你們高興。」

警部的激進發言，使得小松綾香眼神閃閃發亮。

「沒辦法接受就可以打得半死啊～既然這樣，我務必想聽偵探先生怎麼說～」

眾人點頭附和綾香的火爆話語，接著鵜飼終於向前一步。

「放心，不會花各位太多時間，只是想讓各位看照片。」

鵜飼說著將包包放在桌子旁邊，從裡面取出一張照片放在桌上。是他在下雪那天拍的照片之一。眾人圍成一圈檢視照片，鵜飼說明這張照片的細節。

「照片正中央的中年男性是水澤晉作，那邊那位水澤優子的丈夫。旁邊女性的臉被麥克筆塗黑了。其實這是外遇的證據照片，不能讓各位看到外遇對象的長相，敬請見諒。」鵜飼如此告知之後說下去。「這張照片是大約三週前的下雪日子拍的，拍照的是我，時間是上午九點左右——各位請仔細看，照片背景拍到佐佐木教授的家吧？而且院子看得見某人的背影。」鵜飼環視眾人詢問：「各位知道這是誰嗎？」

「這是佐佐木教授！」綾香說。

「確實可以這樣推測。」森副教授點頭。

「從時間來看肯定沒錯。」青山教授也同意。

鵜飼隨即像是等待三人意見一致般，大幅搖了搖頭。

「不，很遺憾，這不是佐佐木教授。」

「為什麼？」青山教授語氣有些生氣。「為什麼可以這樣斷言？」

「是啊，從這個小小的人影，肯定沒辦法判斷他是不是別人。」森副教授說。

小松綾香也點頭附和。「何況這個人是背對的～看不到臉～」

鵜飼獨自承受三人的抗議，卻不改若無其事的表情。

「只靠這張照片確實沒辦法判斷，不過——」

鵜飼說完，這次從包包取出一疊約三十張照片。

「我是以連拍模式拍下這些照片。這張照片不是單獨的一張，只不過是這疊連續照片的其中一格。連續的照片——舉例來說就像是電影或卡通，也就是說，這些照片使用某種方式，也可以當成動畫觀看。換句話說就像這樣——」

鵜飼抓住這疊照片的左側，拇指放在右側滑動。許多照片依照固定節奏翻動。鵜飼重複相同的動作說：

「各位懂了吧？和我們高中時代畫在課本角落的翻頁漫畫大同小異。」

看來這是他高中時代的回憶。朱美覺得翻頁漫畫一般來說是小學生在玩的遊戲，但是暫且不提這件事——

砂川警部一臉詫異地詢問鵜飼：「以翻頁漫畫的方式看這些照片又能怎樣？難道豆子大的人影看起來會突然變大？」

「還是說，背對的人物會突然轉身——哈哈，怎麼可能！」

志木刑警也出言消遣，但鵜飼面不改色朝刑警們點頭。

「是的，人影當然不會變大，也不會轉身。不過只可以確認這個人影不是佐佐木教授。事實勝於雄辯，總之也請各位看看吧，方便將臉湊到照片前面嗎？」

眾人掛著疑惑的表情，將臉湊到鵜飼手邊。鵜飼在眾人面前翻動照片。一張接一張……翻到最後一張再來一次，一張接一張……再翻一次，再翻一次……他反覆這個動作時，眾人之間開始出現奇妙的騷動聲。

「這是什麼？」「感覺怪怪的！」「人影在動？」「可是動作怪怪的～」
砂川警部豎起一根手指，如同要代為說出眾人的感想。
「雖然不太清楚，但人影的動作確實奇妙。拜託，再翻一遍！」
鵜飼依照警部的要求，再度翻動照片——
「我懂了！」「我也懂了！」「在後退！」「沒錯，在後退！」「真的耶～這個人在後退～」
朱美也終於看懂照片人影的特別動作。背對鏡頭的人影乍看像是正常走路，其實是倒著走。
「鵜飼先生！這個人不是從外門走向玄關吧？」
「對，這個人是從玄關朝外門倒退走，各位知道這麼做的意義吧？」
偵探這番話再度令眾人面面相覷，議論紛紛。
「是詭計。」「確實是詭計。」「古典的腳印詭計。」「應該說老套！」「沒想到這個時代還有人用這一招……」「被這招騙的警察也好不到哪裡去。」「哎，畢竟是烏賊川警局啊。」「畢竟是烏賊川警局呢～」
眾人數落成這樣，砂川警部與志木刑警只能臉紅沉默。
反觀鵜飼露出誇耀勝利的表情，說出一個結論。
「如各位所見，照片上的這個人在雪地倒退，試著留下假腳印。各位覺得佐佐木教授會做這種事嗎？當然不可能吧？使用這種詭計的人就是凶手。換言之，這個身影肯定是殺害佐佐木教授並且偽造成自殺的真凶。」

鵜飼當著詫異眾人的面，解釋這種古典的腳印詭計。

「凶手與佐佐木教授在雪停之前，應該就已經在屋內。而且凶手在隔天早上殺害佐佐木教授。當時雪已經停了，整面院子都是雪，要是凶手在這個狀態正常逃走，雪地應該會留下凶手的腳印，因此凶手穿上死者的鞋子，在雪地倒退逃離現場。一無所知的人後來看到這幅光景，會覺得這是佐佐木教授從外門走向玄關的腳印。相對的，因為到處都找不到凶手的腳印，所以佐佐木教授看起來像是一個人自殺——」

鵜飼說明到這裡環視眾人。

「總之，就只是這麼簡單的詭計。不過要完美完成這個詭計，必須進行最後一件重要的工作，就是將借用的死者鞋子放回原來的玄關，因為要是有死者腳印，玄關卻沒有符合的鞋子，那就不合邏輯了。凶手無論如何都要做這件工作。那麼誰可以進行這項工作？不用說，肯定是首先發現屍體的三人——也就是青山教授、森副教授與小松綾香小姐之中的某人。殺害佐佐木教授的凶手就在這三人之中。」

至今聚在一起的團體，聽完鵜飼這番話就立刻分成兩邊，也就是三個殺人嫌犯以及其他人。鵜飼看著嫌犯們說下去。

「那麼，三人之中誰是凶手？森副教授嗎？聽說他當時背著看似很重的背包出現在現場，死者的鞋子很可能藏在那個背包裡。」

「你、你在說什麼……」

森副教授開口想反駁，但鵜飼搶先說：

「不過，森副教授應該做不到。如各位所見，森副教授是身高達一八〇公分的高大男性，即使身高不完全和鞋子尺寸成正比，穿上矮小佐佐木教授的鞋子也不太可能正常走路。」

「唔？這就不一定吧？」反駁的是砂川警部。「即使很難穿好，只要腳跟沒套進去，至少還是可以走路吧？」

「如果只是往前走確實無妨吧，但是不可能倒退。要是腳跟沒套進鞋子就在雪地上倒著走，鞋子會輕易鬆脫。」

原來如此，沒錯。周圍湧出贊同的聲音，砂川警部也只能默默退下。

「那麼，凶手是小松綾香小姐嗎？但她也不可能吧。她當時是提著小小的粉紅手提包現身，不過無法想像那個小小的手提包藏著男用鞋。」

「哎呀，是嗎？」提問的是朱美。「她的包包確實很小，但如果清空內容物只塞鞋子，說不定勉強塞得下啊？」

「確實無法否定這種可能性，但是假設包包被一雙鞋子塞滿，她會刻意在兩人面前打開包包拿出手機嗎？不惜冒著內容物被看見的危險？不可能吧？」

「說得也是。那麼，有沒有可能藏在外套裡面？」

「她的外套是貼身的薄羽絨外套，不是能夠藏鞋子的寬鬆外衣，而且她一進入玄關就脫掉外套，代表她沒將鞋子藏在身上，因此小松綾香小姐不是凶手。」

聽到鵜飼這番話，小松綾香不是鬆一口氣，反倒是提出不滿的意見。

「既然知道不是凶手，為什麼要把我跟森老師叫來這裡啊～」

「確實沒錯。」森副教授也同意綾香這個中肯的指摘。鵜飼明顯露出為難神色，嫌犯們的冰冷反應似乎在他預料之外。

「咦，不，這是，那個，怎麼說……」

到最後，除了「炒熱揭發凶手的場面」之外，他應該想不到其他合適的理由吧。鵜飼如同要掩飾自己的艱困立場，突然說出結論。

「哎，總之就是這麼回事，所以答案只剩一個。是的，凶手是可以穿上佐佐木教授的鞋子，還能將鞋子藏在包包裡的人。換句話說，凶手只可能是你，青山教授！」

被點名為真凶的青山教授，漲紅臉頂撞鵜飼。
「不准亂講話！我不可能玩這種愚蠢的詭計。到頭來，我不可能預測前一晚下大雪積滿院子，而且雪隔天早上就停。你說的詭計是紙上談兵，實際上不可能執行。」
不過青山教授的反駁似乎在鵜飼預料的範圍之內。鵜飼冷靜回答：
「確實沒辦法預先規劃並且執行吧，既然這樣，這應該不是預謀犯罪。你前一晚造訪這座宅邸，大概和佐佐木教授一起喝酒吧，後來外面下大雪，你獲准在這座宅邸過夜。隔天早上醒來一看，雪停了，整面院子積滿雪，佐佐木教授在寢室熟睡。你看到這些條件到齊，首度想到可以進行這個古典的詭計——咦，動機？不，老實說，我沒能查出動機，總之既然在同一所大學的相同學系一起擔任教授，應該會發生各種摩擦或嫉妒吧，這種事可以想像——我有說錯嗎？」
「…………」青山教授沒回應。
「你用睡衣腰帶勒死佐佐木教授，再用他的手機寄信給森副教授與小松綾香，要他們十點過來，然後設下我剛才說明的腳印詭計，這是當天上午九點的事。十點時，你將死者鞋子藏在包包，假裝成清白的第三者，再度來到這座宅邸門前，並且和森副教授與小松綾香小姐會合，再度進入這座宅邸。你趁兩人到處尋找佐佐木教授時，將包包裡的鞋子放回玄關，然後前往二樓寢室，自行發現佐佐木教授的屍體，刻意慘叫——是這樣吧？」

「…………」青山教授依然沉默，但臉上是真相被說中的表情。

「你的詭計很單純，但是順利成功。烏賊川警局引以為傲的菁英搭檔，也完全沒發現腳印的突兀之處，準備將佐佐木教授的死當成自殺結案。不過此時出現意外的陷阱。突然出現一個陌生人，一眼看穿你的罪行，這個人就是這位水澤優子小姐的丈夫水澤晉作先生。」

突然被叫到名字，水澤優子嚇了一跳挺直背脊。

「外子……看穿罪行？」

鵜飼重新面向自己的委託人。

「是的，夫人，您丈夫翻閱夫人遞出的外遇證據照片時，察覺背景人物的奇妙動作，因而發現佐佐木教授的案件不是自殺，是使用詭計的命案。他大概是獨自蒐集案件相關的情報吧，並且不知道是和我一樣推理成功還是依賴直覺，認定真凶是青山教授。」

「那麼，他後來要求再看一次照片是——」

「大概是進行最終確認吧。您丈夫得到確信之後做了什麼事？肯定是想勒索青山教授。因為夫人離婚時，他會被要求高額的贍養費，對他來說，掌握大學教授的把柄簡直是神助。」

「原來如此啊……」水澤優子釋懷般說：「外子找到支付贍養費的門路，才敢強勢宣稱隨時都可以離婚。」

「就是這麼回事。不過被抓到把柄的青山教授也沒有忍氣吞聲，他親自造訪水澤家，持刀刺殺您丈夫滅口。夫人貿然撿起刀子，因而被質疑殺夫，落得被警察追捕的下場。不過事實如我剛才所說，您丈夫的死也是青山教授的犯行——如何？我想這麼一來，夫人就可以完全擺脫殺人嫌疑了。」

鵜飼看向砂川警部，警部掛著不高興的表情，穩穩點頭回應。

仔細想想，鵜飼插手本次案件的理由，並不是要解決佐佐木教授的命案，而是洗刷水澤優子的冤情，看來他直到最後都沒忘記這個目的。委託人確實由偵探的推理證明清白。

如今青山教授的犯行攤在陽光下，被認定確實有罪。

但青山教授如同進行最後的抵抗，突然用力搖頭。

「荒唐荒唐，別亂講話！不是我，我什麼都沒做！這些照片上的人是佐佐木，不是我！」然後青山教授抓起桌上的照片，一邊晃動一邊喊：「哼，這種照片有什麼意義？只要使用現代的數位技術，這種照片要怎麼加工都沒問題吧？像是換掉圖像、更換順序，只要有心，甚至可以輕易用電腦繪圖加上不存在的人影。沒錯，這些照片是那個偵探為了陷害我而捏造的偽證，肯定沒錯！喂，究竟是誰拜託你的？為什麼要偽造這種照片——」

就在這個時候，如同要打斷青山教授的高談闊論，桌上響起「咚！」一聲好大的聲音。放在桌上的是鵜飼從包包取出的黑色物體——單眼相機。

青山教授愕然語塞，鵜飼指著這台相機，朝眼前的凶手露出挖苦的笑。

「青山教授，可以這麼說嗎？如你所見，我的單眼相機是從十五年前用到現在的落伍底片型，沒辦法輕易做到你說的數位加工。若你依然有所質疑，那也請專家調查這個吧。」

鵜飼說完從西裝口袋取出褐色的細長物體扔在桌上。

是偵探那天拍下的光景。

捕捉到雪中真凶身影的底片——

烏賊神家命案

一

烏賊川市正如其名，是昔日以捕撈烏賊繁榮的水產都市，據說在全盛時期，多到幾乎從海面隆起的烏賊群湧到港岸，扭動十隻腳說著「快來快來」對漁夫們招手（招腳？），漁夫們應邀在船上垂釣，獵物就如同大放送的娃娃機接連上鉤。釣烏賊的漁船日復一日出海尋求獵物，幾乎每天高掛豐收旗幟回到烏賊川港口。人們獲利、港口繁榮，烏賊川鎮升格為市，烏賊川市就此誕生。

如今烏賊漁業衰退，市區籠罩著不景氣的氣氛，但原因並非在於奇怪的市名。

這樣的烏賊川市，當然有一座漁夫們信仰的詭異神社，連何時由誰興建都不曉得的古老神社名為烏賊神神社。該神社蓋在俯瞰港口的山丘上，一般叫做「烏賊神」、「烏賊神大人」或是「烏賊大人」，不只是祈求豐收的漁夫，從祈求金榜題名的考生到祈求長命百歲的長者，或是祈求詐騙計畫成功的虔誠騙徒們，使得這裡香火鼎盛。

對於如今被揶揄為犯罪都市的烏賊川市來說，這座神社肯定是絕配。

在烏賊神神社境內，有一名身穿白色窄袖上衣加紅色褲裙，也就是巫女造型的年輕女性昂首闊步。名為瀧澤美穗的這名女性並不是全職巫女，是以時薪七百三十圓為代價負責神社工作的女大學生，巫女服是配合地點的扮裝，近似元旦販售祈福商品的打工巫女。

但現在不是元旦，季節是四月春。在入學季節已過，櫻花季也結束的這個時期，完全沒有香客在非假日白天造訪烏賊神神社。

「但也多虧這樣才省得遇見奇怪的騙徒——嗯？那是什麼？」

美穗站在境內石階上方，蹙眉俯視大鳥居。

一個巨大的白色生物筆直佇立在那裡。身高約成人高度，圓筒形的胖軀體令人聯想到煙囪，上方是大大的三角形。美穗看到頭部的特別形狀終於懂了。「——我知道了，那是烏賊，烏賊對吧！」

當然不是普通的烏賊，一般的烏賊不會直立以雙腳步行，但這隻巨大烏賊以兩隻腳站在地面，另外八隻像是腳的物體掛在腰際晃動（雖然這麼說，但是到頭來根本不確定烏賊有沒有腰），總之兩隻正常的腳加八隻假腳，總共十隻腳，由此看來這東西肯定是烏賊。簡單來說，就是擬人化的烏賊布偶裝。

「最近捲起一股吉祥物風潮，肯定是來這間神社拍照之類的吧。也就是說，現在那件布偶裝裡面，某人成為這股風潮的犧牲者……」

啊啊，可憐到不忍卒睹。美穗以指尖輕輕拭去眼角淚水，轉身背對布偶裝角色，然後像是轉換心情般揚起褲裙踏出腳步。

「好啦，別管那隻噁心烏賊了，工作工作！」

美穗面不改色說出吉祥物聽到大概會氣得噴墨汁的話語，獨自進入境內。在杳無人煙的這個時段，必須將參拜殿以及後方的兩座祠堂打掃完畢。美穗從置物間拿出竹掃把，先從參拜殿開始打掃。

美穗花費一小時左右打掃參拜殿。依然完全沒有香客的身影，只有一對感情看起來不太好的情侶，在剛才點頭問候之後經過她面前。這對情侶經過參拜殿甚至沒有合掌膜拜，直接穿過神社境內，前往和神社相鄰的宮司住處。他們大概不是香客，單純是造訪宮司的訪客吧。美穗如此解釋。（註2）

美穗打掃完參拜殿之後，就這麼拿著竹掃把繞到參拜殿後方。這裡是青翠樹木茂密生長的大片森林，也就是所謂的「鎮守之森」，沿著林間小徑行走不久，就會突然看見小小的鳥居與祠堂。

鳥居是成人勉強鑽得過的高度，後方祠堂是占地約一坪的古老木造建築。正面的推門雕刻一張大圖，正確來說是刻在對開的兩片門板上，圖樣是一隻顛倒的大烏賊。

因此，烏賊神神社相關人士之間，將這間祠堂稱為「顛倒祠堂」。

順帶一提，不遠處還有另一間祠堂，那間祠堂拉門上的烏賊圖是正常的。相

註2　神社最高階的神職人員。

較於「顛倒祠堂」，相關人士稱呼那間是「烏賊大人祠堂」。如同在參拜殿後方兩側守護的兩間祠堂，都是知道的人才知道，相當靈驗的靈力景點。

美穗立刻拿著竹掃把打掃起「顛倒祠堂」周邊，不過才開始數分鐘，美穗就察覺一件奇妙的事。雕刻顛倒烏賊的兩片門板微微開啟，似乎某人進出過祠堂。

「該不會有小偷闖進這種地方吧？」

祠堂裡是一座祭壇，祭祀名為「顛倒之像」的銅像。老實說是一座無法期待有多少價值的烏賊銅像，但這種東西的重點不是價錢，在於是否有人信仰。崇拜「顛倒之像」的狂熱信徒搬走安置的銅像——美穗在腦中描繪這種可能性，立刻打開門。

瞬間，美穗脫口而出的是「咿！」這個抽搐的聲音。

開啟的門後，約一坪大的狹小空間，躺著一名年輕女性。這名女性是趴著的，只有頭轉向旁邊，是美穗沒看過的側臉。

女性右手握著烏賊銅像，是「顛倒之像」。面向側邊的女性，嘴脣看似輕輕貼在銅像上，如同在親吻烏賊銅像。

此時，美穗視線捕捉到一個物體。「咦，這、這是，什麼……？」

女性紅色上衣的背部，冒出像是樹枝的奇妙物體。看起來是刀柄，但是形狀很奇怪。美穗提心吊膽將臉湊到女性背部，發現這是大型的燭台。燭台插在女性背部。出血之所以不顯眼，是因為紅色上衣隱藏鮮血的存在。
「不過，應該沒死掉吧……」
美穗鼓起所有勇氣，牽起倒地女性的右手腕，以自己的手指按上去。
手腕有溫度，卻完全把不到脈。
她死了。如此確信的美穗，終於發出撕裂絲綢般的尖叫聲。
「呀啊啊啊啊啊！」
衝出祠堂的美穗，像是逃走般沿著剛才走來的小徑奔跑——

二

年輕的大樓房東二宮朱美，在櫻花凋謝的春季某日，開著黑色賓士愛車造訪烏賊神神社。朱美從駕駛座下車之後，身穿皺西裝的三十多歲男性一臉惺忪地從副駕駛座現身。這名男性叫做鵜飼杜夫，棲息在朱美名下大樓其中一戶，是「沒錢」、「沒實力」、「沒工作」三者兼具的窮偵探。
不，他或許意外地有實力。實際上，朱美之前遭遇的奇妙事件中，某些事件就是以他的能耐順利解決。他究竟是靈感如神的名偵探？還是只以巧合撐腰的平凡偵探？這方面的評價大概是兩極化，但他的偵探事務所門可羅雀，是唯一毋庸置疑的事實。

朱美為什麼帶著這樣的窮偵探造訪烏賊神神社？當然不是委託趕走附在他身上的窮神。

其實烏賊神神社的宮司和朱美，兩人的好友的朋友曾經見過面，交情匪淺（？）。朱美聽聞這位宮司在找幹練偵探解決某個麻煩，不在乎鵜飼依照她的判斷是否幹練，就向宮司推薦鵜飼。宮司就這樣被朱美的話語欺騙——更正，是對朱美的話語大為感動，懇求她說：「請務必帶這位偵探來神社。」朱美立刻將抗拒的鵜飼塞進賓士，全速造訪烏賊神神社。

「要感謝我喔，因為你多虧我接到新工作。」

「確實。」點頭的鵜飼表情不太釋懷。「但我總覺得被騙了。到頭來，妳明明不覺得我很幹練……」

「沒沒沒，沒這種事喔。」被說中的朱美分寸大亂。「沒、沒問題的，到頭來，一般人沒辦法辨別偵探的好壞，只要沒明顯出錯，基本上看起來都很幹練——總之加油吧！」

「妳以為這樣算是激勵我嗎——慢著，喂喂喂，那個巨大生物是怎麼回事？」

鵜飼在大鳥居前方指向一個東西，是烏賊布偶裝。烏賊位於通往境內的石階，攝影師與拿著反光板的助手圍在身邊。

「喔，是吉祥物攝影吧。」鵜飼深感興趣地移動視線注視這幅光景，走上石階。「原來如此，那件布偶裝裡面，某人成為這股風潮的犧牲者……」

「鵜飼先生，別東張西望。」朱美提出警告。「你至今好幾次從高處摔落，所以給我小心一點。好了，看著前面走路啦，噁心的烏賊怪一點都不重要吧！」

此時，大概是朱美過於率直的發言傳入耳中，噁心的烏賊怪突然像是被打般橫躺在階梯上，就這麼滾啊滾的，轉眼之間滾到石階底部。「呀啊啊啊啊……」

喂喂喂！慘了！還好嗎？周圍的攝影人員紛紛大喊，慌張跑向布偶。如果是血肉之軀就會演變成慘案，不過大概是基於布偶裝的吸震效果，巨大烏賊若無其事再度以雙腳站起來。

朱美與鵜飼確認布偶平安之後，像是逃走般沿著石階往上跑。

「朱美小姐，剛才很危險喔，以話語遙控殺人的手法差點就成立了。」

「哪、哪有殺人，我只是說它噁心，說出所有人由衷的想法吧？不是我的錯！」

朱美一邊逞強一邊穿越境內。經過參拜殿前面時，有個巫女正拿著竹掃把勤快打掃。兩人只向年輕巫女稍微點頭打招呼，甚至沒對參拜殿合掌致意，就筆直走向宮司住處。

「宮司先生的家在烏賊神神社用地旁邊，宮司烏賊神金造先生跟他的家人都住在那裡——看，那邊那位好像就是金造先生。」

兩層樓日式住家的玄關前方，站著一名邁入老年的白髮男性。雖然不高，體格卻魁梧傲人，方正的下巴、大大的鼻子與銳利的目光別具特色，黝黑的皮膚不知道是晒太陽還是喝酒造成的。朱美對這位老人深深行禮致意。

「您好，我是二宮朱美，我好友恭子的朋友千秋在錦町開酒吧。」

「妳好，我是烏賊神金造，我好友榮吉的朋友博史是錦町酒吧的常客。」

真巧呢！嗯，真巧！兩人為這匪淺的緣分開心互摟。

愣愣站在一旁的偵探以掃興語氣低語：「總歸來說，你們素昧平生吧……？」

別多嘴！朱美嚴厲一瞪，鵜飼就轉頭看向森林掩飾。他的視線固定在某個地方。「——哎呀，那位是？」

朱美被鵜飼這番話引得一起看向森林，發現一名身穿筆挺和服的年長女性。女性剛好走到通往森林的小徑入口。

「啊啊，那是花江，我內人。」

「啊啊，原來如此。」鵜飼呢喃般說：「是要去『烏賊大人祠堂』嗎？」

確實，那條小徑只通往「烏賊大人祠堂」，朱美也這麼認為。宮司妻子前去「烏賊大人祠堂」參拜當然也沒任何問題。

和服背影如同吸入森林般消失，金造以此為契機轉身，重新帶領客人進入自家玄關。

「總之，兩位跑這一趟辛苦了，歡迎你們。來，進屋吧。」

被帶領進入烏賊神家和室的朱美，立刻當著金造的面介紹鵜飼。朱美當然介紹鵜飼是烏賊川市最幹練的偵探。雖然朱美隱約感到良心苛責，但金造似乎全盤相信她的說法，持續閒聊一陣子之後，偵探與委託人的對話逐漸變得嚴肅。

「——所以，您找我這個偵探來這裡的理由是？」

「嗯，其實……」金造像是擔心隔牆有耳般壓低音量說明用意。「想請你調查我長子正在交往的女性。」

「原來如此，身家調查是吧，這樣啊這樣啊。」鵜飼像是覺得無聊般輕聲說完，以馬虎的語氣詢問金造：「——所以，這位女性的姓名是？」

「是叫做梶本伊沙子的女性，二十八歲。不過這個年齡也只是她自己說的，實際上不得而知，總之是身分不明的女性。老實說，我反對兩人交往，但真墨不聽勸。」

「真墨？」鵜飼感到詫異。「交往的女性叫做伊沙子吧？」

「是啊，女性叫做伊沙子，真墨是長子的名字，真實的『真』加上烏賊墨汁的『墨』，全名『烏賊神真墨』——不覺得這名字很適合烏賊神家將來的當家嗎？」

不覺得。鵜飼吐露真心話之前，朱美先發制人詢問：

「好棒的名字呢，其他孩子叫什麼名字？」

「兒子只有真墨一個，女兒有兩個，長女叫做伽墨、二女叫做墨麗。」

金造以指尖在空中寫字，興沖沖地說明兩個女兒的名字。

長子「真墨」、長女「伽墨」、二女「墨麗」，也就是墨字輩的兄妹。

感覺得到烏賊神金造對烏賊的強烈心意，真是問題多多的名字。朱美在心中輕聲說著雙關語。鵜飼內心的真正想法肯定也和朱美一樣。（註3）

「原來如此，真是『烏賊』的名字呢。」鵜飼也使用和朱美相同等級的雙關語，拐彎抹角地挖苦。「——話說回來，我們原本在討論什麼事？」

「當然是烏賊的事。」

「不，是梶本伊沙子的事。」朱美好不容易將對話拉回正題。「所以具體來說，金造先生希望調查梶本伊沙子的什麼事？」

「嗯，那我就老實說吧，我要求——」金造說到一半張著嘴。「啊？」他突然蹙眉。「你們有聽到剛才的聲音嗎？」

接著鵜飼也歪過腦袋。「嗯，剛才確實有個像是女性叫聲的聲音……」

註3　日文「烏賊」和「問題多多」音近。

「我也聽到了。遠方傳來『呀啊啊啊啊——』這樣的尖叫聲。」

金造暫時中斷對話，起身打開和室紙門。「喂，來人啊！」他大聲叫人。回應金造呼喚而小跑步現身的是身穿運動衫的青年，個子高，體格壯碩，精悍的五官隱約和金造神似。看來是剛才聊到的金造長子。實際上，金造一看到他就說：

「啊啊，真墨嗎？我剛才聽到女生尖叫聲，發生了什麼事？」

「不，我不曉得。聲音好像來自祠堂那邊的森林。」

「你說森林……？」金造以嚴肅表情閉口。

此時，突然響起玄關大門粗魯打開的聲音，接著，一名女性在玄關喊著「宮司大人，宮司大人！」呼喚金造。金造與真墨一起小跑步前往玄關。

「我們也去看看吧。」鵜飼催促朱美，衝出和室。

在玄關水泥地氣喘吁吁的，是剛才在參拜殿前面打掃的女性。她身穿清純的白色窄袖上衣加上紅色褲裙，但褲裙大腿處不知為何明顯變皺。

「美穗，怎麼了？」真墨擔心詢問。「剛才的尖叫是妳嗎？」

「是、是、是的！」被稱為美穗的女孩大口喘氣點頭，睜大雙眼說出驚愕事實。「有人……有個女人死在『顛倒祠堂』！」

「什麼，有女人死了？」金造的聲音變尖。「妳說的女人究竟是誰？」

「這、這個……我不曉得……是不認識的女，生……」

美穗大概是緊張到極限，突然像是消氣的氣球般失去全身力氣。

真墨以強壯的手臂抱住她的身體。「喂，美穗，振作一點！」

朱美與鵜飼同時轉頭相視。看來是重大案件。鵜飼表情明顯變得充滿活力，和剛才受託調查身家資料時截然不同。

「這個女生交給您了。」鵜飼將美穗扔給真墨處理，走到水泥地迅速穿鞋。「我去祠堂看看。是『顛倒祠堂』吧？」

「等、等一下，鵜飼先生，我也要去！」

朱美在奔跑的鵜飼身後大喊，立刻跟著他離開。

三

鵜飼與朱美毫不遲疑就進入祠堂所在的森林。對於住在本市的兩人來說，烏賊神神社是熟悉的場所，他們至今也到「顛倒祠堂」參拜過很多次。祠堂位於林間小徑不遠處，兩人氣喘吁吁奔跑在小徑上。

「看到了，是『顛倒祠堂』。」鵜飼一邊跑一邊指向前方。

祠堂位於兩人行進的方向。雖然老舊，但以祠堂來說是規模挺大的氣派建築物。正面是對開的拉門，門板雕刻烏賊的圖，這隻烏賊描繪成十隻腳朝上，烏賊的另一個特徵——三角形的尖端部分則是朝下，看起來像是向下的箭頭。若是將上面的十隻腳當成頭髮，朝下的尖腳當成下巴，隱約也像是一張人臉。

抵達祠堂前方的朱美與鵜飼暫時停下腳步，以嚴肅表情相視，大概是至此突然害怕起來，將天生的禮讓精神發揮得淋漓盡致。「朱美小姐，請進請進……」「不，鵜飼先生才應該先請……」兩人經過討論，決議各負責一片門板，漂亮地分工合作。

「朱美小姐，要開了喔！」「鵜飼先生，要開了喔！」

出現的會是何種牛鬼蛇神——

「預備……！」「開！」

兩人抱持著打開驚奇箱的決心，一鼓作氣將祠堂拉門完全開啟。朱美擠盡勇氣窺視祠堂內部，發現全身是血的慘死屍體倒在眼前……原本以為是如此。

「咦？」「哎呀？」

鵜飼與朱美詫異相視，後來表情變化成安心與失望。

「什麼嘛，什麼都沒有嘛。」朱美大方踏入眼前約一坪大的空間環視四周。「全身是血的慘死屍體在哪裡？」

「不，我覺得那位巫女也沒提到什麼『慘死屍體』……」

鵜飼說著也掃視祠堂內部，歪過腦袋。「嗯，確實，別說女性屍體，連一隻死老鼠都沒看到。我們該不會被那個女生騙了？」

「怎麼可能，你也看到那個巫女驚慌失措的模樣吧？覺得她那樣只是在說謊或開玩笑嗎？不可能。她肯定在『顛倒祠堂』看見了女性屍體。」

「既然這樣，為什麼那具屍體不見了？某人搬走了嗎？不過屍體並不是可以輕易到處搬的東西啊？」

「這我知道，不過這樣的話，難道那個巫女做了白日夢或產生幻覺嗎？」

朱美如此低語時，聽到「喂～」這個低沉的男性聲音。朝聲音方向看去，金造正從小徑另一頭現身。

「偵探先生，怎麼樣？有沒有發現女性屍體……」但金造將問到一半的問題吞回肚子裡。「……看來沒有屍體，到處都沒有。」

金造交互看著祠堂內部與鵜飼表情，露出掃興的樣子。「是的，什麼都沒有。」鵜飼微微點頭簡短回答。金造鬆了口氣。

「受不了，真是唯恐天下不亂的女孩，肯定是在打掃『顛倒祠堂』的時候打瞌睡做夢吧，不然大概是臨時想到的惡作劇。比方說知道私家偵探來神社，就編一個煞有其事的謊言。」

「原來如此，偽造的命案是吧？不過她的演技挺逼真的。」

「嗯，確實逼真。那麼她果然是做夢夢見嗎？不，無論如何都對不起兩位了。」

那孩子是叫做瀧澤美穗的打工大學生，雖然不是壞孩子，不過該說她某方面有點輕率，還是說她脫線，還是神經大條，還是喜歡扮裝……」

「好了好了，不用說成這樣吧。」鵜飼伸手制止金造單方面的結論。「何況『喜歡扮裝』沒什麼問題吧？到頭來如果真的有問題，別讓她打扮成那樣就好。」

「唔，嗯，這個嘛，說得也是。」金造愧疚地支支吾吾。

「…………」哼哼哼，看來反倒是這個大叔「喜歡扮裝」吧？朱美察覺了真相。「話說回來，瀧澤美穗小姐後來怎麼了？」

「她在我家休息，真墨陪著她所以沒問題。」

「這樣啊。」鵜飼說著指向祠堂外面。「姑且看看祠堂周邊吧，雖然美穗小姐說『有個女人死在顛倒祠堂』，但她沒斷言是死在『祠堂裡面』。」

「說得也是。」金造附和偵探的意見，三人走出祠堂。祠堂位於森林裡，但只有建築物周邊的雜草除得乾乾淨淨，而且勤於打掃。

就三人大致看來，祠堂周邊當然沒屍體，連一根樹枝都沒有。

「進入這座森林，或許會發現某些東西。」

鵜飼瞇細雙眼，像是要看透祠堂周圍茂密森林的深處，但金造像是示意不要白費工夫般緩緩搖頭。

「連森林都要找的話會沒完沒了，反正是做夢或是惡作劇吧。不提這個，該回去了吧？請你專程過來並不是為了找屍體，我們重要的事情才聊到一半。」

最後，三人停止繼續找屍體，走回烏賊神家。

回到烏賊神家玄關，就看見掛著擔憂表情的真墨，以及兩名年輕女性。

兩名女性的年齡都是二十出頭，一人是身穿牛仔褲，給人活潑印象的短髮女性，另一人是身穿連身裙，長長黑髮垂在身後看似內向的女性。

朱美沒看過兩人，但是從她們外表給人的印象猜得出大概，應該是金造提到的伽墨與墨麗兩姊妹。實際上，金造也介紹短髮女性是伽墨、長髮女性是墨麗。伽墨與墨麗兩姊妹向鵜飼與朱美進行初次見面的問候，接著異口同聲詢問站在旁邊的父親：

「老爸，怎樣啊？聽說在『顛倒祠堂』有人掛掉，真的假的？哎，我覺得反正是美穗妹做夢搞錯之類的吧～」

「爸爸，怎麼樣？聽說在『顛倒祠堂』發現屍體，這是真的嗎？總之，我覺得應該是美穗小姐做夢誤會吧。」

與其說是異口同聲，不如說墨麗幫忙修飾了伽墨的口吻。

金造搖搖頭告知沒發現屍體，接著伽墨再度說得滔滔不絕。

「瞧吧，果然沒錯。怎樣啊，真墨老哥，我說得對吧～」

「看吧，果然這樣。如何，真墨哥哥，我說得沒錯吧？」

「知道了知道了，同樣的話不要各講一次啦。」真墨露出為難的表情。「話說回來，爸，我讓美穗在客房休息，接下來要怎麼辦？」

「就這麼讓她睡吧。」

金造簡短向真墨下令之後，轉頭看向鵜飼等人。「那麼，偵探等人這邊請。」他以不容分說的語氣說完，再度帶兩人進入和室。

然後金造低頭表示「請稍待片刻」，獨自離開和室。

鵜飼與朱美被晾在和室一陣子，接著紙門突然打開，年紀看起來跟金造差不多，身穿和服的老婦人端著托盤現身。

老婦人將托盤上的茶杯謹慎放在兩人面前。「——請用粗茶。」

「啊，謝謝，我最愛喝粗茶了。」鵜飼下意識地說出瞧不起對方的話語，接著拿起茶杯喝了一口。「您是金造先生的妻子吧？」

「是的，我是烏賊神花江，外子受您照顧了。」

「剛才造訪府上的時候，我看見您的背影。您當時好像去了森林？」

「啊啊，那時候啊，是的，我去摘杜鵑花。」

「這樣啊。」鵜飼悠哉回應之後喝茶，花江也說聲「請慢用」鄭重低頭，然後拿著托盤離開和室，金造隨即入內。

金造關上背後的拉門，一屁股坐在坐墊上。

「抱歉讓兩位久等了——話說剛才聊到哪裡？」

「嗯，應該是聊到杜鵑花……」

「不是吧，鵜飼先生，是聊到要調查梶本伊沙子這個女性的身家。」朱美露出不耐煩的樣子，重複從剛才保留至今的問題。「所以，金造先生希望調查梶本伊沙子的什麼事？」

「對，就是這個。」金造輕敲手心，像是終於想到正題。「總歸來說，我的目的是讓真墨清醒，為此想收集派得上用場的情報，例如梶本伊沙子放蕩的異性關係，或是丟臉的往事。」

「唔，丟臉的往事嗎？」鵜飼一副夢想般的恍惚表情。「例如瞞著所有人，在半夜悄悄寫正統推理小說？」

「不，哎，這樣確實很丟臉吧，但不是這樣。例如以前是太妹，或是有前科，我說的是這種東西。實際上，我甚至猜測那個女人是騙婚專家，只要調查肯定查得出東西，請務必協助。」

不，很遺憾，恕我拒絕……鵜飼正要拒絕難得的委託時，朱美以指尖狠狠捏他的小腿讓他閉嘴。

怎麼忽然捏我？鵜飼以眼神如此訴說，朱美也以犀利視線回應。

別奢求！窮偵探沒有選擇工作的權利！

最後，鵜飼無法忍受小腿的痛楚，接受金造的委託。朱美很滿足。

兩人告別烏賊神家，穿過神社境內踏上歸途，但鵜飼看見巫女拿著竹掃把打掃境內的瞬間，偵探魂似乎再度點燃。

「啊啊，記得妳是美穗小姐吧？」鵜飼走向打工的女大學生。「關於妳剛才看見的女性屍體，方便說明一下嗎？」

「不，請忘記這件事吧。『顛倒祠堂』似乎什麼都沒有，那麼肯定是我在做夢，或者是被狐狸騙了。」

「不可能是狐狸吧？祠堂祭祀的肯定不是狐神，是烏賊大人——話說回來，妳一開始為什麼會造訪那間祠堂？」

「打掃。」美穗說著拿起手上的竹掃把示意。「但我剛開始打掃就跑回來，所以完全沒打掃。」

「經過那場騷動之後，妳去看過『顛倒祠堂』了嗎？」

「不，沒看。因為很恐怖，我沒勇氣去看。」

「可是，反正祠堂什麼都沒有啊？妳只是被狐狸騙了。」

鵜飼毫不拘束地說完指向森林。「要不要現在再去『顛倒祠堂』一次？畢竟我還希望妳告訴我一些事。」

鵜飼說完就擅自大步走向主殿後方，朱美推著躊躇的美穗跟在鵜飼身後。

三人在林間小徑前進，是剛才朱美與鵜飼一起奔跑的小徑。鵜飼向美穗詢問她在「顛倒祠堂」看到的女性屍體狀況。

「妳看見的屍體是什麼姿勢？縮成一團？還是直挺挺躺著？趴著還是仰躺？」

美穗說明自己在「顛倒祠堂」發現的女性屍體細節。屍體是趴著的，只有臉轉向側邊，她對這張側臉沒印象，而且女性背上插著燭台，諸如此類。

鵜飼正經聆聽美穗說明，然後發問：

「屍體有沒有什麼奇怪的地方？」

「唔，這麼說來……」美穗像是回想起來般說：「那具屍體拿著『顛倒之像』。女性臉朝側邊，『顛倒之像』就在她面前，看起來像是在親吻那尊銅像。」

「喔，死亡的女性親吻銅像啊，嗯～挺有趣的。話說回來，那尊『顛倒之像』是安置在『顛倒祠堂』的銅像嗎？」

「是的，是顛倒的烏賊銅像。」

「原來如此。剛才我們跑到『顛倒祠堂』的時候，那尊銅像在祭壇上嗎？朱美小姐，妳記得嗎？」

「這個嘛，我記不得了，畢竟根本沒注意祭壇祭祀的神像。」

「其實我也是。」鵜飼說著搔了搔腦袋。講到這裡，就來到小徑盡頭，三人抵達目的地祠堂。建築物看起來和剛才造訪時一模一樣，正面的拉門關著，上頭雕刻的烏賊圖依然像是向下的箭頭，也像是人臉。

「那麼，總之先拜見那尊『顛倒之像』吧。」

這裡所說的「拜見」當然不是參拜的意思，是觀察的意思。

鵜飼走到建築物正前方，以幾乎堪稱輕率的動作，隨意將拉門完全開啟。然而在下一瞬間，鵜飼維持這個姿勢僵住，然後若無其事地關上祠堂拉門。

「……咳咳。」鵜飼將拉門前方的空間讓給朱美。「啊～不好意思，朱美小姐，可以幫忙打開那扇門嗎？我好像被狐狸附身，狀況不太好……」

「呃，鵜飼先生，你在說什麼？」

朱美即使覺得疑惑，依然以堪稱冒失的率直心態站到拉門前方，依照吩咐一鼓作氣打開門。午後陽光隨即射入陰暗的空間，照亮染成鮮紅的地板以及全身是血倒在地上的慘死屍體。

「…………」朱美和鵜飼一樣僵硬片刻，然後和他一樣默默關上門。「呀啊啊啊啊啊啊啊——！」

朱美發出足以撼動鎮守之森的尖叫，一拳打向身旁的偵探。

數分鐘後——大概是聽到朱美的尖叫聲，小徑另一頭再度響起「喂～」的聲音，金造現身了。「怎麼了？剛才的尖叫究竟是怎麼回事——啊啊！」

金造看到祠堂的模樣就察覺異狀，衝向滿是鮮血的被害人。

「這、這太慘了……」金造嚇得臉部緊繃，聲音微微顫抖。「偵探先生究竟發生了什麼事？」

「不，請別管他，因為他立刻就會復活。」朱美非常冷靜。

「但他流鼻血了啊，整張臉都是血！」

當然會流鼻血吧，因為我是任憑恐怖與憤怒驅使，毫不留情揮拳打下去。

朱美以頗為冰冷的目光俯視一直倒在祠堂前面的偵探。「不提這個，金造先生，沾滿血的應該是這邊，請看祠堂裡面的樣子。」

朱美再度打開祠堂拉門，讓金造與美穗看那具全身是血的屍體。是年輕女性的屍體。花俏紅色上衣加上深藍色裙子，腳上是不太方便走林間小徑的高跟鞋。五官雖然工整，但是濃妝給人的印象變差，對於朱美來說當然是陌生的臉孔。

站在朱美身旁的美穗穩穩點頭，紅色的褲裙在顫抖。

「肯定沒錯，就是這個人，這就是我一開始在祠堂發現的屍體。」

「唔，居然會這樣！女性屍體不是夢境也不是幻覺嗎？」

金造說出自己的驚訝心情，視線落在屍體臉龐，在下一瞬間發出「啊！」這聲近乎尖叫的聲音。「這、這個女的，難、難道是……」

覺得意外的朱美詢問：「金造先生，您認識她？」

「嗯，當然認識，我剛才也跟你們說過吧？」

金造像是擠出聲音般，說出這個名字。「這個女人是梶本伊沙子。」

「咦咦咦咦！」朱美身後響起格格不入的男性慘叫。「那麼，委託取消了嗎？我難得接下這個委託耶，怎麼可以這樣！」

吵死了，現在給我閉嘴！朱美在內心簡短喊完，一個轉身就揮出右拳。朱美的拳頭傳來命中的手感，剛復活的偵探臉部挨了今天第二拳，再度倒在堅硬的地面——

四

朱美等人向警方報案，不久，許多警車衝到烏賊神神社，鎮守之森與祠堂周邊滿是警察，在這樣的狀況中——

「原來如此，我明白了。」

烏賊川警察引以為傲的中年之星——砂川警部聽完朱美敘述之後沉重點頭。

「綜合你們的說法，凶手的行動大致是這樣：首先凶手在這間『顛倒祠堂』殺害梶本伊沙子，瀧澤美穗目擊了屍體。她去叫人的時候，凶手暫時將屍體搬出祠堂，後來妳跟金造先生趕到祠堂，但當然沒發現屍體。你們離開之後，凶手再度將屍體搬回祠堂，由妳與瀧澤美穗發現，並且當場打昏真凶之後打一一〇報警。換句話說，真凶是偵探。」

「啊啊，警部先生，真可惜！」朱美不禁打響手指。「直到途中都很棒，但是最後很遺憾！鵜飼先生不是凶手，因為他沒有行凶機會。」

「不是嗎？那麼真凶毆打偵探之後直接逃走？」

「呃～」要不要當成這麼回事？畢竟很難承認是我打的……

朱美瞬間受到這種誘惑驅使，但最後還是說出真相。「不，這也是錯的。」

「這樣啊。」砂川警部簡短低語之後，交互看著祠堂裡的女性屍體以及倒在祠堂外的偵探，深深嘆了口氣。「唔～看來這次也會成為難解的案件……」

「…………」看來這次也被當成難解的案件了。朱美也嘆了口氣。

她身旁掛著嚴肅表情的金造，像是不耐煩般詢問：

「話說回來，警部先生，查出死因了嗎？」

「是刺殺。背部有像是被細長錐狀物體刺穿的傷，凶器是祭壇上的大燭台。燭台為了固定蠟燭，設計了針狀的突起對吧？凶手似乎是用那種突起插入梶本伊沙子的背部。我們在屍體旁邊發現沾血的燭台。」

「那麼，推測死亡時間呢？」

「還沒查明——對了對了，這方面我想請教瀧澤小姐。」砂川警部像是回想起來般，轉身面向巫女打扮的女大學生。「妳最初在這間『顛倒祠堂』發現屍體的時候，曾經碰過屍體吧？」

「是的，我碰過，我摸屍體的右手腕想確認脈搏。」

「當時屍體已經冰冷了嗎？」

「不，沒有，還是溫的。」美穗身體抖了一下。「摸起來溫溫的，像是還活著，不過已經沒脈搏了……」

「那麼，出血程度怎麼樣？」

「當時屍體還沒有流很多血。是的，屍體跟祠堂內部都不像這樣沾滿血。」

「當時的燭台凶器在哪裡？倒在屍體旁邊？還是插在屍體背上？」

「插在屍體背上，肯定沒錯。我清楚記得燭台的台座部位立在屍體背上。」

「原來如此，應該是這樣吧，如果不是這樣就不合邏輯了！」

警部說得像是線索完全接上，朱美歪過腦袋。

「警部先生，這是什麼意思？你知道什麼了嗎？」

「當然。」砂川警部露出充滿自信的笑容，轉身面向朱美。「祠堂裡出現女性屍體，消失一陣子之後再度出現，這究竟是怎麼回事？這座祠堂裡究竟發生了什麼事？我剛才說過，殺害女性的凶手暫時將屍體搬出祠堂，再將屍體搬回祠堂……妳也不認為凶手真的會做這種白費力氣的粗活吧？」

「總之，凶手做出這種行動確實很沒意義。那麼警部先生如何解釋屍體一下子出現、一下子消失的現象？」

警部隨即說出意外的答案。「其實屍體沒有一下子出現、一下子消失。」

「沒有？什麼意思？實際上不是一下子出現、一下子消失嗎？」

「不，只是看起來這樣，實際上屍體只出現過一次，就是你們剛才在祠堂裡發現染血屍體的那一次。」

美穗理所當然對警部這番話提出質疑。「咦，那我一開始看到的屍體究竟是怎麼回事？」

「妳一開始看到的不是屍體，梶本伊沙子當時還活著。我說的可不是她還有呼吸的意思，她在那個時間點依然充滿活力。」

「怎麼可能！」美穗大喊。「背部被刺的人不可能有活力！」

「對，這正是妳的誤解。妳並沒有親眼確認這名女性背部被刺，應該說沒確認燭台的針插在她背上。這是當然的，因為妳必須親自拔出她背上的燭台才能確認，但妳只看見燭台的台座部位立在她背上吧？」

「是、是沒錯……所以是怎麼回事？」

「其實那座燭台沒有針，無針台座的燭台立在她背上，看到這一幕的妳，誤以為燭台插在她背上。」

「可、可是，既然這樣，脈搏呢？她沒脈搏啊？」

「脈搏可以暫時消除。比方說，要是梶本伊沙子當時右邊腋下夾著一顆橡膠球，妳摸她的右手腕也無法確認脈搏。」

「換句話說……」朱美從旁插嘴。「美穗小姐最初在祠堂發現的屍體，是梶本伊沙子自導自演的裝死，警部先生是這個意思吧？因為是裝死，所以美穗小姐離開祠堂之後，梶本伊沙子可以立刻站起來，自己走出祠堂。」

「就是這麼回事。依照這個推論，屍體消失就沒什麼好神奇的。」

砂川警部得意洋洋地述說自己的假設，不過在這個時候，如同從地面湧出的男性聲音勇敢反抗他的假設。

「哈哈，居然說沒什麼好神奇的，警部先生，真是笑掉我的大牙啊！」

說話的是鵜飼。原本躺在地面動也不動的偵探，隨著嘲笑的聲音起身，在眾人注視之下悠然站起來。

朱美驚訝到瞪大雙眼。「什麼嘛，鵜飼先生，你已經復活了？」

「呼，那當然。」偵探拍掉西裝上的灰塵，露出從容的笑容。「以為我只被打一拳就會一直昏迷不醒嗎？」

「…………」你被打兩拳喔，是不是該告訴你這件事？

但是朱美還沒告知事實，鵜飼就伸手指向砂川警部。

「警部先生，你剛才說的那些話，我大致都聽到了。從你嘆氣說『看來這次也會成為難解的案件……』的時候就開始聽。」

「看來你裝睡了很久呢。」警部無奈般板起臉。「話說回來，我的假設哪裡讓你笑掉大牙？你就說明一下吧？」

「小事一樁。」鵜飼依照要求說明。「警部先生說梶本伊沙子是裝死，但這種事不像說的這麼簡單。到頭來，假扮死人必須有觀眾在場才能成立，在這種狀況，觀眾就是第一發現者瀧澤美穗小姐，但是誰能預料到她在這個時間造訪『顛倒祠堂』，而且獨自發現『屍體』？要是她沒來打掃，梶本伊沙子肯定就會一直假扮死人，在祠堂裡空等好幾個小時。假設美穗小姐順利發現『屍體』，如果這時候有其他香客在場，假扮死人的梶本伊沙子想停止裝死也沒辦法如願。警部先生，她在這種時候究竟要如何應對？」

「唔～大概是在中途停止裝死，狂奔逃走——之類吧。」

「天底下哪有這種脫線的犯罪計畫？何況像這樣假扮死人有什麼意義？梶本伊沙子演這場戲有什麼效果？會讓祠堂變成密室，或讓某人得到不在場鐵證嗎？到頭來，警部先生的假設就算可以解釋梶本伊沙子的屍體為何消失，也沒說明她後來為什麼成為真正的屍體被發現。她為什麼會在這間『顛倒祠堂』以這種方式喪命？警部先生，你知道嗎？」

「呃，不，這我也還不知道。」砂川警部不甘心地咬著嘴脣，以微微顫抖的視線看向偵探。「那、那麼你知道嗎？梶本伊沙子究竟是被誰用何種方式殺害，你知道這個真相嗎……？」

鵜飼隨即在警部面前雙手扠腰，炫耀般挺胸斷言：

「不，警部先生！這次的案件，即使是現在的我也完全摸不著頭緒！」

如果砂川警部不是公僕，鵜飼應該會挨這天的第三拳吧，但警部終究認清自己的立場，禮貌地對礙眼的偵探下令：

「非常抱歉，但你可以稍微離開嗎？因為你會妨礙搜查！」

五

「那個警部先生怎麼這樣回應啊？一般在這種狀況，應該是警方低頭說『請名偵探提供智慧』才對，卻把我當成礙事的傢伙……」

被趕離現場的偵探面有慍色，嘴巴像是壞掉的水龍頭，不斷表述對警部的不滿。朱美無視於鵜飼的怒火，以冷靜語氣述說現狀。

「這也沒辦法吧？因為鵜飼先生還沒被他們當成名偵探。」

「哼，看來是這樣沒錯——啊啊！好想趕快成為名偵探！」

鵜飼說出像是打書的這句話，穿過林間小徑回到神社境內。這段時間，偵探依然自問自答般繼續述說案件。

「屍體一下子出現、一下子消失也很奇妙，但是更不可思議的事情，在於我們還不知道這麼做是什麼目的。不，等一下，到頭來，移動屍體是某種詭計嗎？不過要當成詭計的話，巧合的要素太多了……」

此時，鵜飼等人身後傳來某人的聲音。

「看來你們有煩惱耶～需要我幫忙嗎～？」

是如同撒嬌般拉長語尾的年輕女性聲音，嬌細卻清亮的聲音。這個嬌憐的聲音究竟來自怎樣的美少女？朱美抱持些許興趣轉身。

位於後方的不是黑髮美少女，是白色的巨大烏賊怪。

「…………」朱美臉頰抽搐。「這、這是什麼？」她詢問鵜飼。

「啊，這是剛才摔落階梯的烏賊布偶弟——不，裡面是女生，所以是布偶妹。」

鵜飼像是看到十年交情的好友，向詭異的巨大烏賊搭話。「拍照拍完了嗎？妳叫做什麼名字？」

「我叫做 Maika～漢字是『真烏賊』，但這樣不可愛，所以請用英文的

『Maika』喔。順帶一提，姓氏是『劍崎』～全名是『劍崎 Maika』～請親切地叫我『劍崎！』就好～」

「為什麼？既然是吉祥物，一般都不會叫『劍崎』，是叫『Maika』吧？」

「咦～不能叫劍崎嗎～我知道了。那麼，今天請叫我 Maika 就好～」

「今天是嗎……啊，原來如此，看來因為是吉祥物，所以設定也很隨便。」

「沒那回事喔～」Maika 搖晃巨大的白色身軀抗議。「別看我這樣，我有完整的設定喔～性別是女生，十七歲，住在烏賊川港的港岸，喜歡的顏色是白色，興趣是浮潛，專長是踢踏舞，愛吃的食物是小蝦與小魚，天敵是大型肉食魚類，遭到襲擊的時候會噴墨汁逃走～」

前半確實是「劍崎 Maika」的設定，但後半只是烏賊的生態。

朱美就這麼愕然指著布偶裝頭部。「Maika，妳頭上的昆布是什麼意義？是某種寫實的呈現嗎？」

「沒、沒禮貌～這不是昆布，是用昆布綁的緞帶啦～」

「…………」總歸來說就是昆布。朱美在逐漸稀薄的真實感之中詢問鵜飼：「裡面的女生是誰？難道是十乘寺家的小櫻？」

「不，應該不是。這種獨特拉尾音的講話方式，應該是吉岡酒行的沙耶香。恐怕是吉岡酒行受到長期不景氣的影響，主業銷售額惡化，結果招牌小妹沙耶香被迫像這樣穿著烏賊布偶裝賺日薪。對吧，沙耶香？」

「不、不是啦～沙、沙耶香這個女生……嗚……我不認識啦～！」

Maika 哽咽地拚命否認鵜飼這番話，這副嬌憐模樣引得朱美也差點跟著落淚。不過仔細想想，朱美沒有直接見過沙耶香，即使 Maika 是沙耶香也用不著哭。

「話說 Maika，妳剛才問『需要我幫忙嗎』是什麼意思？」

「當然是正如字面的意思啊～看來本次的案件因為發生在烏賊神神社，所以和烏賊關係匪淺賊賊，既然這樣，比起警察或偵探，我這個烏賊揭開謎底的機率應該比較高賊賊——我是這麼認為的～」

「唔～妳講的那個『賊賊』，也是 Maika 的角色設定之一吧？但妳繼續這樣講的話，接下來很可能會變得麻煩，真的沒關係嗎？」

「請不要說這是角色設定啦！這是 Maika 天生的口頭禪～」

「原來如此，我知道了。」朱美點了點頭，按著下巴露出嚴肅表情。「這次的梶本伊沙子命案，肯定是連烏賊的手都想借的難解之謎，那麼，請教『吉祥物偵探』劍崎 Maika 或許也是破案的有效手段——笨蛋，怎麼可能啊！到頭來，誰會跟湊巧在場的吉祥物討論命案啊？不可能有這種瘋子吧！」

朱美斷定的不久之後，在神社的巨大山毛櫸神木下方——

「……就是這麼回事，Maika。更正，『吉祥物偵探』劍崎 Maika 老師。」

關於這次的案件，鵜飼對吉祥物說明完畢了。朱美只能雙手抱胸嘆息。「還真的有這種瘋子呢，而且意外地就在身邊……」

反觀體型巨大的劍崎 Maika 坐在殘株上，眼睛眨也不眨地聽他說完之後，開始思考這個案件（但無論她在思考還是在睡覺，表情都完全不會變），最後迅速起身。

「我知道了～看來大家過於在意屍體的出現與消失，忽略了某個物品的重要線索賊賊，只要察覺這一點，命案真相就會自然浮現賊賊。」

「啊？某個物品……」

鵜飼與朱美不知道她在說什麼，只能轉頭相視。

六

Maika 說明掌握案件關鍵的這個物品。「——就是竹掃把～」

「竹掃把？」鵜飼雙手抱胸複誦這個詞。「說到竹掃把，記得打扮成巫女的那個美穗小妹拿在手上。那根掃把怎麼了？」

「請仔細想想，美穗小姐到『顛倒祠堂』打掃，發現女性的屍體。受驚的她連忙跑回烏賊神家叫人，您覺得她當時會拿著竹掃把在林間小徑奔跑嗎？應該不會這麼覺得吧？在這種狀況，穿褲裙的女性會雙手拉著褲裙跑步賊賊，畢竟這樣跑得最快，而且也不用擔心跌倒賊賊。」

確實，依照朱美的記憶，瀧澤美穗出現在烏賊神家玄關時，褲裙的大腿部位皺巴巴的。美穗是雙手拉著褲裙的大腿部位跑到烏賊神家，這麼一來，她就不可能拿著竹掃把。

朱美感覺自己終於聽懂Maika的意思了。

「原來如此，美穗當時肯定將竹掃把留在『顛倒祠堂』。」

「確實是這樣。」鵜飼點頭之後低語：「不過好奇怪，我們趕到『顛倒祠堂』的時候，周邊別說竹掃把，連一根樹枝都沒有，為什麼？」

「是凶手藏起來的嗎……」

「不過，做這種事也沒意義吧……」

鵜飼與朱美一起歪過腦袋。Maika面對這樣的兩人，得意洋洋地說出真相：

「理由很簡單～美穗小姐將竹掃把留在『顛倒祠堂』前面，但兩人趕到的祠堂不是『顛倒祠堂』，所以當然沒有竹掃把～」

「妳說什麼？怎麼可能！」鵜飼像是生氣般大呼小叫。「我們趕過去的那間祠堂不是『顛倒祠堂』？不然那間祠堂究竟是什麼？」

「是啊，Maika，要是妳過於亂講話，我就把妳整隻烤熟喔！」

「我、我烤了也不好吃啦～」Maika害怕般扭動身體，然後突然改變話題。「那個，恕我問一件無聊的事，我的這裡——看，就是這具身體上方像是三角形的部位，兩位覺得是什麼？」

「還會是什麼……是頭吧？」

朱美隨口回答，鵜飼隨即訂正。「不，朱美小姐，錯了，那裡不是頭，是烏賊的鰭，就像是普通魚的尾鰭。」

「是的。那麼，兩位覺得我的眼睛在哪裡？」

「那還用說，這裡啊，這裡！」朱美說著以手指插在布偶裝的眼珠。

「哇，別這樣，眼珠會被挖掉啦～」明明一點都不痛，Maika卻做出強烈抗拒的動作。「對，那裡確實也是眼睛，但我問的是一般烏賊的眼睛在哪裡～」

鵜飼隨即指著布偶裝的下半身這樣回答：

「一般烏賊的眼睛在十隻腳的根部，黏呼呼的那個地方吧。記得嘴巴也在那個軟爛的位置。」

「偵、偵探先生太過分了！居然說我黏呼呼又軟爛，請不要把我的身體講得像是軟體動物啦～」

「慢著，妳是軟體動物吧？搞不懂妳這角色的設定……」鵜飼輕聲抱怨並詢問：「——所以Maika，總歸來說，妳想說什麼？」

「兩位不懂嗎？乍看是頭部的部位是尾鰭，乍看長腳的部位是眼睛與嘴巴。換句話說，烏賊這種生物看似尖頭的部位其實是下半身，長腳的部位是上半身。實際看動物圖鑑，烏賊的圖肯定是十隻腳往上。順帶一提，大家稱為腿的那十條，正確來說是烏賊的手喔。因為是從上半身長出來的，所以當然不是腳，而是手。」

「原、原來如此！」鵜飼像是深受感動般拍手。「換句話說，Maika 現在看起來是用兩隻腳站著，其實是用雙手倒立支撐身體。」

「沒錯沒錯，就是這樣～受不了，這樣真的很累很辛苦呢！」

「…………」裡面的女孩意外地配合呢。朱美在奇怪的地方感到佩服，但是這件事暫且不提。

「如果 Maika 說的是真的，那麼我們趕過去的祠堂確實不是『顛倒祠堂』。那間祠堂的拉門刻著十隻腳往上的烏賊圖。我們從小就一直認定那間祠堂的圖是顛倒的烏賊，實際上卻是正常狀況的烏賊圖吧？」

「嗯，換句話說，那間祠堂不是『顛倒祠堂』，是兩間祠堂的另一間——『烏賊大人祠堂』，我們搞錯了。不對，不只是我們，以砂川警部為首的警方人員也深信那間祠堂是『顛倒祠堂』。」

「是啊，烏賊川市民肯定幾乎都搞錯了。」

「嗯，這也在所難免。不過等一下，只有代代擔任烏賊神神社宮司的烏賊神家，不會像我們這樣搞錯，而且美穗雖然是工讀生，但是和他們共事的她，肯定也能正確辨別兩間祠堂，也就是說……」

「是的，就是這樣～」

「吉祥物偵探」劍崎 Maika 開心般搖晃身體，說出震撼的推理。

「本次的案件，烏賊神家的人們以及瀧澤美穗都說了相同的謊言賊賊——我是這麼推測的～」

劍崎 Maika 在鵜飼與朱美面前搖晃巨大的白色身體說明案情。

「今天下午，美穗小姐在打掃時發現梶本伊沙子屍體，地點是實際上真正的『顛倒祠堂』，拉門雕刻的是三角尖鰭向上、十隻腳向下的顛倒烏賊圖。發現屍體的美穗小姐將竹掃把留在祠堂旁邊，跑回烏賊神家，並且在大家面前大喊：『有個女人死在顛倒祠堂！』聽到這句話的兩位立刻趕到『顛倒祠堂』，趕到兩位長年堅信是『顛倒祠堂』的那間祠堂——」

「不過，那裡不是『顛倒祠堂』，是『烏賊大人祠堂』。拉門雕刻腳朝上的烏賊圖，祠堂裡當然沒屍體，也沒看到竹掃把。」

「但是在這之後，烏賊神金造先生跑到同一間祠堂，那就代表金造先生當時已經察覺我們誤會了，雖然察覺卻刻意沒訂正，和我們一起感到納悶。是這麼回事吧？」

「是的，就是這樣～到最後，兩位與金造先生沒發現屍體就回到烏賊神家，然後金造先生暫時離開，讓兩人在和室等待。金造先生這時候在做什麼呢？恐怕是對烏賊神家的真墨、伽墨、墨麗三兄妹以及瀧澤美穗下了一個命令賊賊。他命令四人今後將『顛倒祠堂』與『烏賊大人祠堂』的名字對調——我是這麼認為的～」

「總歸來說，就是在後續討論時，完全配合我們誤解的名稱。金造先生沒訂正我們的誤解，反倒打算直接將這樣的誤解當成事實。」

「為什麼要做這種奇妙的舉動？還有，我們誤認是『顛倒祠堂』的祠堂，為什麼後來出現梶本伊沙子的屍體？」

「應該是梶本伊沙子的屍體從原本的『顛倒祠堂』搬到假的『顛倒祠堂』賊賊。推測屍體是金造先生委託兩位工作的時候偷偷搬運的賊賊。實際搬運屍體的大概是體力好的真墨賊賊，但推測實際下令搬屍體的果然是金造賊賊。」

「等一下。」朱美看到先前擔心的狀況反覆上演，不得不講句話。「看吧，『賊賊』這個角色設定越來越麻煩了吧？而且妳在說明推理的時候特別愛使用——還是別再講了吧？」

「確實，我在意語尾在意到沒專心聽推理內容——別再講比較好。」

「不，我明白兩位想說什麼，但我覺得要是撐這麼久才拋棄角色設定，對於吉祥物來說是自殺行為賊賊，所以我要用到最後～」劍崎 Maika 對角色設定展現意外的執著，並且繼續說明。「兩位和金造先生談完之後，再度和美穗小姐一起回到同一間祠堂，也就是兩人認為是『顛倒祠堂』的祠堂，發現梶本伊沙子的屍體，因此看起來就像是梶本伊沙子的屍體在『顛倒祠堂』出現、消失，然後又出現。實際上只是將『顛倒祠堂』發現的屍體移動到『烏賊大人祠堂』～」

「是喔，原來是這樣。」朱美姑且露出認同表情，向身旁的偵探確認。「不過，真的有可能像這樣搬運屍體嗎？」

「這個嘛，真墨看起來體力不錯，只要花點時間應該搬得動，而且也可能使用台車之類的工具。何況美穗剛開始發現屍體時，屍體出血似乎不多，恐怕是因為凶器插在背上防止出血吧。既然這樣，血漿也不會在搬運的時候弄髒小徑，真墨搬完屍體之後將凶器燭台抽離屍體，讓鮮血弄髒現場，外人就會認為這裡是行凶現場。」

「原來如此，這部分我懂了。但我詫異的是金造先生為何不惜殃及家人與美穗，也要精心設計這種謊言。」

朱美的疑問，Maika 已經預先準備好答案。

「金造先生恐怕是想將這件命案徹底當成發生在那間祠堂，也就是兩位認定是『顛倒祠堂』的那間祠堂賊賊。反過來說，兩位當成『烏賊大人祠堂』的祠堂，也就是真正的『顛倒祠堂』、真正的行凶現場，金造先生不希望將那裡當成命案現場。因為凶手行凶之前，金造先生和兩位一起看見某人前往那間祠堂——」

「某人……啊，對喔！」鵜飼大叫的同時打響手指。「是花江女士。事發之前，我們看見花江女士走林間小徑前往『顛倒祠堂』。不過我當時將兩間祠堂搞反，所以認定花江女士前往『烏賊大人祠堂』，實際上也這樣輕聲說過。」

「確實，當時我也認為花江女士前往『烏賊大人祠堂』，所以沒將她和『顛倒祠堂』的命案連結在一起，不過現在回想起來，當時的花江女士正是要到『顛倒祠堂』行凶。」

「是的，我覺得至少金造先生應該是這麼認為的賊賊，所以才說謊讓花江女士遠離命案中心。不過！」

「——不過？」鵜飼與朱美異口同聲。

「金造先生與兩位目擊的，始終是花江女士進入森林的身影，沒人知道花江女士是不是真的在『顛倒祠堂』殺害梶本伊沙子賊賊。金造先生他們為了花江女士而拚命說謊，不過就我剛才聽到的說明，會讓我覺得花江女士過於缺乏殺人之後的恐懼與慌張賊賊～」

「確實。」鵜飼點頭同意。「招待我們茶水的花江女士看起來很沉穩，或許她到森林真的是去摘杜鵑花。所以花江女士不是凶手，殺害梶本伊沙子的另有他人？」

「不過在另一方面，也無法排除花江女士是真凶的可能性賊賊。」

「…………」我們或許被這個吉祥物捉弄賊賊。朱美開始隱約感到不安。「總歸來說，凶手究竟是誰？」

朱美像是不耐煩般扭動身體，劍崎 Maika 突然在她面前說出驚人之語。

「查出真凶的關鍵，在於被害者的死前留言賊賊！」

「死前留言？」鵜飼皺眉。「現場有這種東西？」

「該不會是美穗說的那個吧？梶本伊沙子的屍體是親吻烏賊銅像的姿勢，難道那是死者的留言？」

「是的～美穗小姐依照金造先生的命令，在祠堂名字這部分說了謊，但其他部分肯定沒有接受細部指示。既然美穗小姐說被害者是親吻烏賊銅像的姿勢，這應該是事實賊賊，而且這正是點明真凶的關鍵賊賊——」

「不過，親烏賊銅像的樣子為什麼可以點明凶手？比方說凶手深愛烏賊之類？但是烏賊神家全家人應該都符合吧？」

「不然是親烏賊銅像的模樣代表某人名字的第一個字？」

「就是這樣～親烏賊正是代表某個字賊賊！」

「唔～我聽妳這麼說也不懂呢。」鵜飼雙手抱胸仰望天空。「對烏賊親吻或是人工呼吸，應該不會變成任何字賊賊……」

「哇！請不要這樣，偷角色設定是最要不得的事～」Maika原地跳啊跳的表露憤怒情緒。「要是偵探先生是這種態度，我就要停止解謎～之後請您自己想吧～」

好了好了，別這麼說。只差一點就說完了。加油加油。大家都在期待喔——朱美與鵜飼像這樣左右安慰，Maika才好不容易恢復心情，終於說出最後的推理。

「親吻烏賊銅像，也就是被害者的口貼在烏賊上。偵探先生，口貼烏賊會成為哪一個字？」

「口貼著烏賊……烏賊口？」

鵜飼的回答徹底缺乏想像力，使得朱美低下頭，Maika失望嘆氣。

「可以用烏賊的日文片假名思考嗎？請把『イカ』與『口』排在一起。」

「口貼著イカ並排……啊，我懂了，是『伽』，漢字的『伽』。」

「是伽墨的『伽』。」朱美不禁大喊：「換句話說，凶手是烏賊神伽墨是吧！」

「是的，就是這樣～～」在朱美與鵜飼以嚴肅表情注視之下，「吉祥物偵探」劍崎Maika表情動也不動，特別拉長尾音點了點頭。

就這樣，撼動烏賊神神社的難解案件真相曝光——

隔天報紙刊登烏賊神神社命案與凶手落網的新聞。

凶手果然是烏賊神伽墨。伽墨和金造一樣，不接受梶本伊沙子是哥哥真墨的交往對象。昨天下午，伽墨叫梶本伊沙子到「顛倒祠堂」，試著說服她放棄和哥哥交往，但是後來演變成口角，過度激動的伽墨拿手邊的燭台刺殺對方背部。當時烏賊銅像從祭壇掉落，伽墨看到梶本伊沙子將銅像拿到嘴邊，但伽墨不曉得她這麼做的意圖就逃離祠堂，後來發生的事情則是正如劍崎 Maika 的推理。

只不過，「吉祥物偵探」劍崎 Maika 面對砂川警部帶領的警方人馬滔滔不絕地述說推理——這種過於另類的場面並沒有真實上演，實際上是鵜飼將他聽 Maika 說的推理轉述給警部。

「不過，我不懂……」

坐在偵探事務所椅子上的鵜飼，將看完的報紙遞給朱美嘟起嘴。

「劍崎 Maika 裡面的人肯定是吉岡沙耶香，沙耶香明明只是酒行的招牌女孩，為什麼穿上布偶裝就立刻像那樣展現名偵探推理？明明只是一套不可愛的巨大烏賊布偶裝賊賊……」

「這個嘛，天曉得？」朱美低頭看報紙。「當時討論的地點在烏賊神神社境內，而且是在神木旁邊吧？在那裡穿著烏賊布偶裝，或許是一大原因賊賊。」

「原來如此。」鵜飼微微點頭。「總覺得這個口頭禪會上癮耶。」

「要是 Maika 聽到，她肯定又會生氣喔。『不可以偷角色設定～！』這樣。」

「但是先不提這個，昨天的 Maika 確實像是解謎之神降臨的感覺。還是說名偵探的靈魂附身在吉祥物身上？」

「怎麼可能。」朱美將報紙扔到桌上，如同在駁斥鵜飼的玩笑話。

不過鵜飼似乎沉迷於自己的想法，抵著下巴不知道在思考什麼，朱美看著這樣的他，內心不經意冒出一個疑惑。

「鵜飼先生，你該不會想穿那套布偶裝看看吧？」

「我？扮演那個烏賊怪？」鵜飼瞬間一副啞口無言的樣子，接著捧腹大笑。「哈哈哈，別開玩笑，與其打扮成那樣，我寧願放殺人凶手逍遙法外。無論案件陷入多嚴重的瓶頸，我都不會穿那種東西。」

不對，偵探抱持這種想法也有問題賊賊……朱美在內心低語。

她面前的鵜飼忽然露出正經表情，以嚴肅語氣低語：

「對了……下次讓流平穿那個看看吧……這樣流平就會說出名推理賊賊……」

然後偵探咧嘴一笑，如同要規劃一場有趣惡作劇的孩子。

死者不會嘆息

一

時間是漫長梅雨季終於結束的七月中旬。

地點在盆藏山的某座村莊，名為豬鹿村。正如其名，是山豬與野鹿比人類還多的超偏僻村落。事件發生在豬鹿村深處的某處。

一名少年獨自走在陰暗的夜路。

少年叫做中本俊樹，身穿白色襯衫與黑色制服長褲，斜背一個布背包，包包表面印著以山豬與鹿設計的徽章，這是豬鹿國中的校徽。就讀國二的他正從學校返家。

少年來到一分為二的岔路口。

「可惡，天完全黑了。」中本少年環視確認周圍的黑暗，接著看著前方延伸的小徑，不禁深深嘆了口氣。「而且還得走這條路……」

這是比起道路更像是拓荒小徑、沒鋪柏油的一條路，路寬約一公尺。雜草茂密叢生的這條小徑無疑是回家的最快路線，卻沒有路燈也沒有車輛經過，真的是黑暗中的單行道。

可以的話，真想在天還沒黑的時候走完這條路。中本少年抱胸嘆息。

「混帳，早知道會這樣，回家前就不應該玩『錢仙』。」

他說得完全沒錯，卻無法預料到這一點，這堪稱國二學生的膚淺。不過，到頭來是中本自己被討厭的朋友唆使，以半桶水知識玩起「錢仙」，他的嘆息是自作自受。

他朝著眼前的黑暗投以犀利視線，逕自低語。

「沒辦法了，畢竟這條路最快到家，而且現在的我沒空繞遠路。」

為求謹慎先把話說在前面，現在的他只是要回家，完全不是「正要前去拯救陷入危機的同伴」之類的緊急狀況，稍微繞遠路也只是母親做的晚飯會變涼，沒什麼太大的問題。

但是中本少年依然刻意做出危險的選擇，原因果然只在於他正值國二的年紀。不提理由，刻意做出危險選擇的少年，大膽走在單行道。

「好，走吧，出發了。哈，這種路我每天都在走，所以完全沒問題……」

他的嘴持續說著像是鼓舞自己的勇敢話語。停止講話的瞬間，周圍就會籠罩著恐怖的寂靜，所以他非講不可。即使在一百公尺遠的位置，大概都聽得出來他內心極度害怕，身體恐懼到顫抖。

「哼，反正應該不會有人。沒有任何人吧？不，用不著回應！」

中本少年拚命和看不見的某人交談，從旁人看來，他肯定比任何人都危險，但不曉得是幸或不幸，這條路除了他之外沒人行走，完全是少年在演獨角戲。

後來，一座山崖像是擋住中本少年的去路般出現。

山崖高約十五公尺，雖然不到垂直的程度，卻是人類很難攀爬的陡坡。表面是褐色的地面與裸露的岩石，只有些許的植物綠意。不過現在天色非常陰暗，熟悉的山崖如同黑色屏風矗立在少年面前。

少年行走的小徑在這座山崖前方右轉，沿著山崖延伸。

然而，就在少年要走向山崖的這時候——

突然響起「啊！」的叫聲，聽起來像是來自他頭上。

少年不禁嚇得繃緊身體佇立在原地，接著在下一瞬間！

一個巨大的漆黑物體，迅速從山崖斜坡滾落。

神祕物體濺出碎石與塵土，沿著斜坡朝這邊滾下來。感受到危險的少年，情急之下說出充滿緊張感的一句話。

「——混帳，是陷阱嗎？」

重申一次，他是正要回家的平凡國中生，並不是肩負「賭命也非得保護極機密文件」之類的特殊任務。絕對不可能有人埋伏或是設下大型陷阱等待這樣的他。但是對於自我意識過剩的國中生來說，這種常識完全不管用。

某人想取我性命！如此確信的少年以剛學會的後空翻與側翻，努力帥氣地躲過敵方的攻擊（？）。所有動作當然都是多此一舉。

中本少年翻身遠離山崖斜坡數公尺之後，雙手伸向前方作勢應戰。剛才從山崖滾落的物體拉長橫倒在他視線前方。

「是、是誰……？」

雖然他位於沒有月光的黑暗之中，依然立刻看得出來這是一個人。對方身穿看不出顏色的短袖上衣與褲子，從體格來看似乎是成年男性。男性從山崖沿著陡坡一鼓作氣滾落到這條路旁邊，不可能毫髮無傷。

「唔，喂……你你，你還好嗎……」

逐漸恢復真實感的中本少年從遠處呼叫。

但是男性就這麼仰躺著動也不動，微微張開的嘴沒有說話的徵兆。

「死……死了……」

至少就中本少年看來是如此。即使如此，他還是努力嘗試接近對方。

然而在這個時候，難以置信的光景映入他眼中。過於異常的這一幕，使他再度身體僵硬佇立在原地。

男性微微張開的嘴，吐出像是嘆息的東西！

看起來像是癮君子吞雲吐霧的煙，但這是不可能的，少年瞬間消除自己的想法。因為男性嘴裡冒出的東西看起來隱約帶著明亮的光輝，正因如此，少年才能在黑暗之中目擊這個物體。

不是香菸的煙。季節是夏天，所以也不是呼氣變成白煙，當然也不是嘔吐物。到頭來，少年沒看過胃裡東西裊裊朝正上方吐出的特殊技術，而且也不想看。

那麼，究竟是什麼？從人類口中吐出，帶著神祕光輝，如同煙霧漂浮在空中，這種神祕物體是——「唔，難道說……！」

此時，他腦中浮現一個艱深的詞。至今聽過好幾次的詭異名詞。少年提心吊膽說出這個和神祕現象一起為人討論，不知為何令人印象深刻的名詞。

「——這、這是ectoplasma？」

不，好像不太對。不是聽起來好像大型電漿電視的詞——

少年直覺發現自己講錯，仗著沒人聽到，若無其事地改口。「是ectoplasm，沒錯，也就是靈質！」

少年在靈異相關的書籍看過這個詞。雖然忘記詳細內容，不過記得是人類口中吐出奇怪物體的靈異現象。現在目擊的光景正是如此。少年如此認定並且開始發抖。

「也就是說，這是……靈、靈異現象，換句話說是……幽、幽靈……」

雖然靈異現象不等於幽靈，但畢竟他是剛在放學時玩過「錢仙」的國中生，現在對於超自然現象特別敏感，已經不敢走到眼前倒地男性的旁邊。

男性大概死了。這是當然的，從那座山崖滾下來，活著還比較奇怪。既然這樣，伸出援手沒有意義——

少年迅速打著這種如意算盤，在下一瞬間轉過身去。

「呀啊啊啊啊啊啊啊啊——！」

他發出連幽靈都會大吃一驚的尖叫聲，沿著剛才行走的小徑一溜煙跑走。

中本少年不顧一切在小徑奔跑，最後穿過小徑來到柏油路，蹲在路邊氣喘吁吁地調整呼吸好一陣子。

不曉得維持這個姿勢經過了多久。

響遍遠方天空的警笛聲使得少年回神。警笛聲逐漸增加，並且似乎往這裡接近。

看來是某人打電話叫警察了。省下報警的工夫是應該高興的事，少年卻像是不屑般說：「——嘖，是條子！」

再強調一次，他只是正要回家的國中生，並不是警方追捕的殺人魔，被條子發現肯定也完全不用怕，但這種道理果然對現在的他行不通。

中本少年如同要逃離警車的警笛聲，再度沿著柏油路奔跑。

就這樣，中本少年稍微繞遠路抵達自家。「喂，媽媽，飯！」他一打開玄關大門就一如往常如此命令母親。中本少年只敢在母親面前維持強勢態度。

而且，少年就這麼將今晚的異常體驗藏在自己心裡，若無其事將母親端出來的晚飯收進肚子。

雖然晚飯完全涼了，但是這種事不成問題——

二

夏季遼闊的多雲天空之下，一輛藍色雷諾行駛在盆藏山山腰的道路。在駕駛座輕快打方向盤的，是身穿樸素西裝的三十歲男性——鵜飼杜夫。他在烏賊川市經營偵探事務所，是日復一日被瑣碎事件與催繳房租追著跑的私家偵探。但是在另一方面，他屢次遭遇驚人的大案件，而且總是意外地大顯身手。

平常坐在他身旁的都是偵探助手戶村流平，但他這次基於某些不得已的隱情請假一次，代為坐在副駕駛座的是二宮朱美，「鵜飼杜夫偵探事務所」承租之綜合大樓的年輕房東，是和鵜飼簽下租賃契約的好交情。

朱美慢半拍般詢問駕駛座的鵜飼：

「流平的『不得已的隱情』究竟是什麼？」

「到海邊商店打工。」鵜飼不滿低語。「後來我對他說：『偵探助手的工作，以及在海邊賣炒麵的工作哪邊重要，你自己想清楚吧。』結果那個傢伙，嘰、嘰嘰、嘰嘰嘰……」

「啊啊，是這麼回事啊。」朱美瞬間就理解他咬牙切齒的意思。總歸來說，戶村流平光明正大選擇了炒麵。「很像流平會做的選擇。」

「也是啦。」鵜飼掛著死心表情看向副駕駛座。「不過就算流平曠職，我覺得妳也完全沒必要代替他插手這個案件。」

「哎呀，你有意見？別看我這樣，我比流平有用喔。」

「喔，是嗎？不過這真的算是炫耀嗎？」

鵜飼正經詢問，朱美不禁「嗚」一聲語塞。

實際上，「比流平有用」換個說法就像是「比脫軌電車更快更舒適」，不是可以得意洋洋說出來的事情。朱美對此深刻反省。

「哎，沒關係吧？如果這次的委託是平凡的外遇調查，我也不會插手。不過既然是命案，當然會稍微感興趣吧？何況以前某人說過，『美麗的女性需要冒險』……」

「哪個傢伙講過這種蠢話？」鵜飼以無奈表情搖頭。「何況還不確定這次的命案是他殺，所以才會雇用我。」

「這種事，我當然知道啊——」朱美在副駕駛座嘛嘴。

實際上，這次的命案在世間當成普通意外處理。

順帶一提——

案件發生在距今約一週前的夜晚，一名年輕男性死在盆藏山山腰豬鹿村的某座山崖下方。

死者是北澤庸介，二十七歲，單身，住在烏賊川市的市公所職員。

北澤在死亡當天，似乎是請了一個有點早的夏季假期，開車到盆藏山兜風。雖然這麼說，但北澤並非帶著女友約會，只是想讓剛買的愛車盡情奔馳。實際上，豬鹿村各處都有人看見身穿T恤的北澤以及他的愛車——紅色富豪。

不知道是歷經什麼事，當天晚上剛過七點半的時候，北澤被發現氣絕身亡。倒在山崖下方的屍體全身都有跌打損傷，從現場狀況來看，幾乎可以確定北澤是從山崖滾落。全身包含頭部都受到重創的北澤，推測幾乎是當場死亡。

看來是不熟悉地理的青年在黑夜時貿然接近危險的山崖不小心摔落，就這麼斷送性命。換句話說，這是一場不幸的意外——

這是警方的結論。當地媒體也是朝相同的方向持續報導。

不過，某人認為這個結論過於隨便而提出異議，那就是北澤庸介的母親——北澤真弓。她無論如何都無法接受兒子是意外喪命。

這樣的她聽到「鵜飼杜夫偵探事務所」的風評（是怎樣的風評就不得而知），委託偵探重新調查這個案件。

委託的時候，朱美湊巧也在場。北澤真弓當著偵探的面吐露她對警方的不滿與憤怒時，語氣非常激動。她說：

「我兒子的死不是什麼意外，那孩子有懼高症，哪可能在天色昏暗的時候，接近那麼危險的山崖？不，警方的判斷是錯的，這不是意外，兒子是被村人殺的！」

過於武斷的說法，使得鵜飼戰戰兢兢地開口。

「那個～夫人相信令郎的死不是意外而是他殺，請問您有什麼證據嗎？」

真弓隨即怒目而視，以嚴厲語氣放話：

「說這什麼話！你的工作就是找出證據吧？」

「真是的……」面對咄咄逼人的委託人，鵜飼與朱美一副有苦難言的表情相視。

不過，即使對真弓的傲慢態度不滿，鵜飼依然接下這個委託。

畢竟這個偵探平常的工作只有調查外遇或找寵物，本次的委託卻是要他查明究竟是意外還是他殺，對於這樣的他來說，這個委託肯定稍微刺激一點。對於朱美來說當然也是。

就這樣——

這天，兩人搭乘鵜飼的雷諾，一路朝盆藏山前進。

從車窗放眼望去，盡是悠閒山間的風景。雖然終究沒看到野鹿，但山豬剛才在一瞬間橫越車子前方。

看來車子已經開進豬鹿村。

車子在田埂中間的柏油路前進，不久，他們發現一輛白色腳踏車從前方接近，踩踏板的是年輕警官，看起來就像是村莊的駐警。大概是在巡邏吧，不像是正要趕往某個特定的目的地。

「剛好，找他打聽看看吧。」

鵜飼將車子停在路邊，打開車窗。「不好意思～」他叫住路過的制服巡查。

「我是烏賊川市的記者……」

鵜飼說起謊話連篇的自我介紹，但巡查就這麼騎在腳踏車上端詳他的臉，然後突然「──啊！」地倒抽一口氣，匆忙走下腳踏車。

「您該不會是那位知名私家偵探鵜飼杜夫先生吧？獨自漂亮解決善通寺家的交換殺人以及新月莊的棄屍案件，傳說中的名偵探！」

這實在是天大的誤會。以盆藏山為舞台的這兩個案件確實和鵜飼關係密切，但都不算是他獨自漂亮解決。

熟知真相的朱美板起臉，但是對鵜飼來說，巡查的過度反應應該是令他開心的失算，他立刻選擇將對方的誤會利用到極限。

「喔，被發現就沒辦法了──我正是傳說中的名偵探鵜飼杜夫。」

就這樣，他輕鬆成為「傳說中的名偵探」。

效果立竿見影，巡查在鵜飼面前筆直立正致上最敬禮。

「很榮幸見到您，我是駐留在村莊值勤的松岡——話說回來，您今天光臨本村莊有什麼事？又發生什麼重大案件嗎？」

「總之，是否稱得上是重大案件還是一大問題。你想想，大約一週前，這座村莊發現一具摔死的男屍吧？我想到案發現場。」

「啊啊，那座山崖就在前面，不過有點難說明。」松岡巡查說完立刻騎上白色腳踏車。「那我帶您到現場吧，方便跟著腳踏車走嗎？」

松岡巡查剛說完，就用力踩起踏板。

鵜飼緩緩讓車子起步，以愉快的語氣向副駕駛座炫耀。

「朱美小姐，怎麼樣？我在這裡的評價簡直是直線上升吧？看來我的活躍不應該以《烏賊川市系列》，而是以《盆藏山系列》流傳下去。」

「啊？你說的『系列』是什麼意思？」

偵探心情大好，旁邊的朱美無奈嘆息。

三

車子如同追著白色腳踏車緩緩行駛數分鐘後，鵜飼等人面前出現一條小徑，路寬沒辦法讓車輛進入。鵜飼立刻開窗詢問巡查：

「啊啊，哈囉，松岡巡查，這附近有沒有收費停車場？」

「沒有，應該說車子隨便停旁邊沒關係的。」

「真的？沒關係？不會被偷？不會違規停車被開單吧？」

「不會不會，就說不會了……您疑心真重！」

巡查這番話使得鵜飼終於接受並且下車，朱美也隨後下車。

松岡巡查將腳踏車停在路邊，走進小徑。在如同拓荒的小徑行走數分鐘後，如同寬敞褐色屏風的陡坡出現在他們面前。

「就是這裡。」抵達現場的松岡巡查指向該處。「這座山崖底下的小徑，躺著一具年輕男性的屍體。男性叫做北澤庸介，二十七歲，是烏賊川市公所的職員……」

「啊，我知道這些情報。」鵜飼一語打斷巡查的厚意。「不提這個，我想知道發現屍體時的狀況。發現屍體的是誰？怎麼發現的？」

「啊啊，第一目擊者嗎？其實是我。」

「咦，是你？」鵜飼感到意外般蹙眉。「湊巧騎腳踏車經過？」

「不，不是這樣，是有人報案。報案的是岡部先生，在附近經營果樹園的男性。他打電話到派出所說，山崖方向傳來『呀啊啊啊』的悽慘叫聲，我趕到之後——」

「原來如此，就發現這裡倒著男性屍體了。屍體狀況怎麼樣？」

「屍體仰躺，幾乎是大字形，一眼就看出已經斷氣，因為額頭割傷慘不忍睹。這麼說來，記得嘴巴是張開的。」

「喔，嘴巴張開是吧。」

鵜飼像是模仿屍體狀況般張開嘴，仰望山崖斜坡。

「話說回來，容我刻意確認一下，警方判斷北澤是失足從這座山崖摔死，也就是意外。這個判斷真的正確嗎？」

「您的意思是——」

「比方說，不用考慮自殺的可能性嗎？」

「應該不是。如願買下愛車前來兜風的男性，應該不會突然想尋死。順帶一提，他的紅色富豪停在距離山崖不遠處的路肩。」

「那麼，有沒有可能是某人硬是將北澤推落山崖？不對，不用硬推，某人將北澤引誘到山崖上方，找機會偷推他的背，我覺得就算是這種做法也可以偽造出疑似摔死的狀況。」

「這個嘛，話是這麼說沒錯……」松岡巡查有些為難地歪過腦袋。「不過，北澤是一個人造訪這座村莊喔。當天好幾個村民目擊他，而且全部作證他是一個人來。這樣的北澤為什麼到了晚上會和某人一起站在山崖上？」

「這個嘛，話是這麼說沒錯……」這次輪到鵜飼歪過腦袋。「順便問一下，這座村莊有北澤認識的人嗎？有的話想請你提供一下。」

「這我也不曉得。」年輕巡查說著搖了搖頭。

「這樣啊……」鵜飼簡短回應之後，忽然指著上方。

「話說回來，山崖上面是什麼狀況？有人住嗎？」

「山崖上面是小小的雜木林，樹林另一邊有條小河，小河旁邊是果樹園跟一間農家，大概就這樣吧。」

「喔喔，那間農家就是首先向派出所報案的岡部先生家吧，原來如此……」

鵜飼大幅點頭，如同理出了某些頭緒，但是不能被他的誇張舉止欺騙，這個人即使腦袋空空也能充滿自信點頭。

就在這個時候，朱美不經意感覺背後有股難以說明的氣息，不禁顫抖。

她立刻轉身觀察周圍的狀況，但是眼前只有一條細長的單行道，路邊盡是叢生的雜草或是矮灌木叢，別說人影，連一隻山豬都看不到——才這麼心想，樹叢裡就突然出現一隻鹿！

鹿悠哉從她面前橫越，靜靜消失在另一邊的樹叢。

「…………」野生動物突然登場，使得朱美內心驚愕。豬鹿村真是不得了！

「喂，朱美小姐，怎麼了？看到幽靈嗎？」

「啊！」朱美因為鵜飼這一聲而回神，露出笑容掩飾。「不，沒事，是我多心，是我多心……」她搖頭回答。

「這樣啊。」鵜飼簡短點頭。「那麼，不用待在這裡了，接下來我想到山崖上面看看。」

「我來帶路。」松岡巡查說完，再度帶頭在小徑行走，鵜飼也默默踏出腳步。朱美有點在意後方，跟在兩人身後。

山崖垂直高度頂多十五公尺，不過要爬上去得沿著山崖走小徑，再進入一條陡峭的山路。在松岡巡查的帶路之下，鵜飼與朱美揮汗勉強抵達案發山崖上方。

如巡查所說，這裡是小小的雜木林，狹窄卻圍繞著茂密樹木，是陰暗潮溼的空間。老實說，不是人們會樂於進入的地方。

朱美提出單純的疑問：「北澤為什麼會進入這種地方？」

「真奇妙，由此思考，就發現他的死果然有很多疑點。」

鵜飼輕聲說著，慎重站在山崖邊緣窺視下方。松岡巡查指著偵探腳邊犀利指出重點。

「就是那裡，那個地方留下北澤失足墜崖的痕跡。」

「嗯，所以北澤是在這裡失足摔下山崖……不過失足的痕跡也可以偽造……果然是某人……不，可是……」

鵜飼甚至忘記自己站在山崖上，沉入自己的思緒。朱美看到這樣的他，不經意覺得背脊發涼。這麼說來，鵜飼每次站在高處，下一瞬間肯定會摔下去。這個男的搭載了這樣的程式。

朱美自己站到山崖邊緣，悄悄窺視下方。不行，即使是不死偵探，從這麼高的地方摔下去也不是開玩笑的，朱美決定在事發之前警告。

「那個～鵜飼先生，你要思考沒關係，不過拜託一下，可以在寬敞一點的地方思考嗎？這樣危險到我看不下去。」

「嗯？啊啊，對喔。」鵜飼連忙看向腳邊，他的雙腳已經踩在山崖邊緣。「──哎呀，危險危險。」

語氣一反狀況，十分悠哉。鵜飼以輕盈的腳步遠離山崖邊。

「呼，幸好流平不在，如果他在，現在我們肯定一起摔到下面了。」

朱美也由衷認為他說得沒錯。幸好流平不在！

「話說回來，松岡巡查。」鵜飼背對山崖，指向雜木林的另一頭。「這座樹林後方是岡部先生的果樹園跟住家吧？」

「是的，在渡過小河的另一邊，要幫您帶路嗎？」

「這樣會幫了我一個大忙——但是沒關係嗎？你也有公務要處理吧？」

「放心，沒關係的，畢竟這個村莊很恬靜，很少出事。」

年輕巡查說完，再度帶頭踏出腳步，鵜飼與朱美也緊跟在後。

三人很快就走出茂密的雜木林，來到盛夏陽光耀眼的寬敞空間。聽得到附近傳來潺潺流水聲。

朝聲音傳來的方向行走，就看到一條小河。

「這是烏賊川支流之一，大王川的源流，不過如各位所見是名不副實的小河。」

朱美聽著巡查的說明，沿著河邊行走。河寬不到兩公尺，兩岸維持著綠草與矮樹叢生的自然景色，看向河面，可以透過清澈河水清楚看見淺淺的河底，河底是白沙以及小石頭，綠色水草在其中緩緩搖曳，一隻青鱂魚在窺視的朱美面前游過。

「哇，好美麗的河流呢～這居然是烏賊川的支流，聽起來好假呢～對吧，鵜飼先生？」

「咦？啊啊……」鵜飼不知為何回應得心不在焉。

怎麼了？朱美抬頭一看，鵜飼指著河流上游歪過腦袋。「那個大叔在做什麼？」

朱美立刻看向他手指的方向。

沿著河流往上的數十公尺處有一名中年男性，身穿工作服站在上游的河岸，似乎沒發現這邊的三人。他手上握著一根竹掃把，卻不是在打掃河岸。

他將掃把前端朝上，重複在頭上揮動。

男性身旁是兩棵伸長枝枒、高度不同的枯木，所以朱美剛開始以為那個人想用掃把取下掛在樹枝上的某個東西，不過仔細觀察就發現似乎不是這樣。

因為他的掃把前端不是朝著樹枝，看起來是朝著兩棵枯木的正中央，也就是一無所有的空間。

映入朱美眼簾的這幅光景，到最後只令人覺得是「身穿工作服的中年男性在小河河岸拿著竹掃把跳著毫無意義的舞」。

「真的耶，那個人在做什麼啊……」

「哎，在這種大熱天工作，或許會看見各種看不見的東西吧……」

鵜飼同情般低語，完全認定這名男性是「熱昏頭的大叔」，不過松岡巡查在這個時候指向那名男性，說出意外的話語。

「啊啊，他就是岡部先生，在附近經營果樹園的岡部庄三先生。」

松岡巡查似乎和岡部庄三相識，掛著親切笑容走向他，鵜飼與朱美也託福得以極為自然地接近岡部。

近距離看見的岡部庄三，是黝黑皮膚與方形下巴給人深刻印象的粗獷男性，年紀大概是五十多歲吧。他看向松岡巡查的表情頗為溫和，不過相對的，看向鵜飼他們的視線暗藏提防陌生人的戒心。

「嗨，岡部先生，您好。」松岡巡查先親切搭話。「不好意思，可以請您聽這兩位講幾句話嗎？這位是專程從市區前來的知名偵探。」

岡部隨即以瞪人般的犀利視線，看向面前的鵜飼等人。

「偵探？偵探找我有什麼事？」

「其實……」鵜飼立刻進入正題。「是關於男性摔落山崖死亡的那個事件，我正在調查這件事……」

「那是意外，不是已經結案了嗎？」

「聽說您在案發當晚聽到山崖傳來『呀啊啊啊』的慘叫聲，所以您聯絡派出所，促使松岡巡查發現屍體。換句話說，雖然是松岡巡查發現屍體，但實際上首先察覺這個案件的人是您。是吧，岡部先生？」

「哎，也可以這麼說。」岡部不悅地點頭。「所以這又怎麼了？我只是履行市民的義務啊？」

「是『村民』的義務吧，哈哈哈。」鵜飼乾笑幾聲。

但岡部笑也不笑，一語駁回鵜飼這句話。「——不好笑！」

看來玩笑話對岡部庄三不管用。鵜飼似乎也領悟這一點，慢半拍繃緊表情。

「話說岡部先生，您是在哪裡聽到慘叫聲的？」

「附近的自家院子。當時我剛好一邊吹著夏季晚風一邊抽菸，結果山崖那邊傳來慘叫聲。」

「山崖那邊——也就是雜木林的方向吧？」

鵜飼舉起右手指向雜木林的方向。

「不過岡部先生，您為什麼認為慘叫聲來自山崖？為什麼不是雜木林、不是這條小河，而是山崖？比方說，也可能是某人在雜木林遇襲慘叫吧？那您為什麼覺得是山崖那邊出事？」

「呃，這……」岡部臉上浮現狼狽神色，但這只是一瞬間的事。「嗯，雜木林與山崖確實都在相同方向，不過山崖比雜木林危險得多，要是相同方向傳來慘叫聲，首先都會推測是某人摔落山崖，這是理所當然吧？事實上也正如我所說的沒錯吧？」

「嗯，確實正如您報案時所說，案件發生在山崖。」

「那不就沒問題了？可以不要胡亂找藉口嗎？」

「請別說找藉口……」

鵜飼一副被誤會的樣子聳了聳肩。朱美趁著鵜飼停止詢問，介入兩人的對話。她想問岡部一件事。

「那個，恕我換個話題，岡部先生，您剛才在這裡做什麼？」

「居然這麼問，小姐，就妳看來，我剛才做了什麼事嗎？」

岡部以裝傻的語氣面不改色反問，朱美聽他這麼問也語塞了。

「是、是的，大概，那個，該怎麼說，您舉起竹掃把，然後這樣……好像在打掃空中……的樣子……」

「喔喔，打掃空中是吧！」岡部嘴角終於露出微笑。「這位小姐講得真有趣呢，不過大概是妳看錯了，我沒有做這種奇怪的動作。」

「不，但我覺得沒看錯……」

朱美找不到切入點而結巴，岡部見狀扛起手中的竹掃把。

「抱歉，我很忙，還有果樹園的工作要做，就此告辭。」

岡部說完，單方面結束對話轉身，就這麼頭也不回地悠哉往下游走去。

「嘖！」朱美看著岡部遠離的背影，不甘心地打響手指。「好遺憾，明明只差一點點……」

「那位大叔似乎挺頑固的，但我覺得他知道一些隱情。」

「唔～他平常是更親切的人……」松岡巡查愧疚地搔了搔後腦杓。「話說回來，接下來要去哪裡？喜歡去哪裡，我都可以為您帶路喔。」

鵜飼隨即雙手向前，像是要推辭難得的邀請。

「不，松岡巡查，到此為止吧，繼續受您照顧會過意不去，我們打算在這裡逛一下就回市區，也請你回到工作崗位吧。」

「這樣啊，我知道了。」松岡巡查率直點頭回應，卻突然露出前所未有的邪惡笑容，將臉湊到偵探耳邊。「嘿嘿，如果揭發意外的真相，請務必聯絡派出所喔，沒問題吧？拜託喔，嘿嘿嘿。」他反覆叮嚀之後輕拍偵探肩膀。「——那我就此告辭！」

年輕巡查朝愕然的鵜飼與朱美行最敬禮，然後沿著雜木林小徑離開。

「唔～松岡巡查看起來是個好人……」

「不過心機似乎意外地重呢……」

兩人目送巡查的背影，不禁面有難色地相視。

四

岡部庄三與松岡巡查接連離開之後，在安靜無聲的小河河岸——

「所以，接下來要怎麼做？」朱美立刻詢問鵜飼。「該不會真的想在這裡逛一下就回市區吧？還是要在這條河抓泥鰍？」

「哎，這條河看起來確實棲息很多生物就是了。」鵜飼蹲在河岸，將右手浸入河面。「其實還有一個人，我務必想找這個人問話。」他呢喃般輕聲說。

不過朱美就算聽他這麼說，心裡也沒有底。依照至今聊到的內容，和北澤庸介之死相關的人物只有松岡巡查與岡部庄三，再來就是委託人北澤真弓，除此之外還應該找誰問話？

「你想要問話的人是誰？在哪裡？」

「不，其實我也不清楚這個人是誰。」

鵜飼說著，以右手玩弄河底的褐色物體，是田螺大小的螺類，不過形狀比田螺細長。河底有許多相同的螺類，他以右手緊握其中一顆。

「雖然不知道是誰——」他迅速起身，高高抬起左腳，在下一瞬間……「但我知道這個人在哪裡！」

話剛說完，他就轉向正後方。「在那裡——！」

鵜飼隨著吆喝用力揮動右手臂，以昔日野茂英雄般的獨特動作扔出一顆螺。這顆螺描繪直線軌道，射進不遠處的夏日草叢。

「——好痛！」

「嗯？」雜草叢叫出聲音。不對，不可能有這種事。「那裡有人吧！」

如同呼應朱美的聲音，一個男生衝出草叢。白色襯衫加黑色長褲，體格矮小，完全是國中生。右手按著額頭現身的這個少年朝草叢吐了一口口水，以裝模作樣的語氣說：「——混帳，是陷阱嗎？」

「還敢說什麼陷阱！你這個偷窺狂！」

可疑的國中生登場，鵜飼猛然朝他襲擊，然而——

「哼，怎麼可以被抓！」男國中生以輕盈身手躲過對方的突擊，接著不知為何後空翻！再度後空翻！以大膽的動作和偵探稍微拉開距離。

不過鵜飼也沒認輸。「休想逃！」他如此大喊，接著突然側翻！再度側翻！轉眼之間和國中生拉近距離，最後以前跳空中迴旋收尾！

展露極致技術的鵜飼，漂亮地將國中生壓在地上，剝奪他的逃跑意願。

「…………」

這兩人無謂的動作太多了！還有，鵜飼先生，你應付國中生也太認真了！

朱美即使無奈，依然跑向倒地的少年，以及騎在他身上的偵探旁邊。

鵜飼抓著對方的衣領，以老神在在的態度質詢少年：

「呼呼，真遺憾呢，小朋友，我早就發現了。你從雜木林就一直跟蹤我們。」

唔～總覺得少年應該不是從雜木林跟蹤，而是從山崖下面就一直跟蹤到現在，但鵜飼先生似乎認定是那樣，別說實話比較好吧——朱美如此心想，決定不說出真相。

「喂，小朋友，你為什麼跟在我們身後？目的是什麼？」

「可惡，放開我！我跟你沒有任何話好說！」

少年搖頭抵抗，鵜飼抓著他衣領的手忽然放鬆。

「咦？沒話好說……真的什麼都沒有？」

「那、那當然，因為我只是路過的國中生。」

「喂喂喂，是這樣嗎？什麼嘛，看來期望落空了。我一直以為你正是掌握本次案件關鍵的人物。這樣啊這樣啊，原來你什麼都不知道，哎，抱歉，這次是我誤會了，對不起。」鵜飼說完離開少年。「喂，朱美小姐，應付路過的小朋友只是浪費時間，我們回市區重新商討對策吧。」

「也對，就這麼做吧。」

朱美配合鵜飼的態度點頭回應，轉身背對少年。

鵜飼與朱美如同無視於少年，並肩踏出腳步。但他們還沒走三步，某個聲音就從後方叫住他們。「阿伯，你們給我站住！」

鵜飼瞬間停下腳步，然後迅速轉身，大步走向說話的人，再度揪起他的衣領往上抬。「你說誰是阿伯？誰？講話給我小心點，別看我這樣，我對罪犯跟男國中生毫不留情喔。」
「對對、對不起，阿……不對，大哥。」
「沒錯，這樣就對了。」鵜飼放開少年衣領，以拇指指著自己的胸口。「不然如果你有那個心，也可以直接叫我哥哥。」
「不，這就免了，因為我是獨生子。」
「這樣啊。」鵜飼難過低語。「所以，你還有什麼話想說？有吧？你很想對其他人講某件事吧？」
少年率直點頭回答鵜飼的詢問。「嗯，其實有。」
不愧是鵜飼，身為偵探卻兼具國中生等級的感性。正如他的預料，這個男國中生內心暗藏某個祕密。
在鵜飼出言催促之下，少年開始述說自己目擊的異常現象。

「——靈質？」
小河河畔，蹲坐在樹蔭的鵜飼發出驚愕的聲音，受驚的山鳩從草叢起飛，河裡游泳的鯽魚在河面彈跳。坐在大岩石上的朱美困惑地保持沉默，坐在旁邊地上的少年表情卻是正經八百。
鵜飼一臉嚴肅地向這個國二男生中本俊樹進行確認。

「你在案發當晚湊巧經過那座山崖下方，目擊男性摔落山崖的瞬間。你看到男性摔落山崖之後嚇一跳要跑過去，但是在這個時候，男性吐出帶著黃色光輝，如同嘆息的東西，你看到之後認為那、那個……是……噗……靈……噗噗！」

「鵜飼先生，你在笑什麼啊！」朱美代替少年抗議。「中本同學講得很正經，所以你也得正經聽吧？大人要是擺出這種態度，小孩會變壞的！」

「是、是我的錯，抱歉。不過沒想到是靈、靈……噗噗噗！」

「你要笑多久啊！我真的變壞給你看喔！」少年忍無可忍般大喊。「到頭來，靈質哪裡好笑了？」

少年嚴肅詢問，鵜飼忍笑回答：

「看來你誤以為靈質是死者口中冒出來的詭異物體，但你錯了，靈質是靈媒──也就是將死者靈魂叫回現世的通靈人，在使用法術時吐出的灰色絲狀物，不是死者吐出的東西，也不會漂浮在空中，所以我可以斷言你看見的不是靈質，是完全不同的物體。」

「…………？」

既然這樣，如果少年看見的是灰色絲狀物，偵探會認同那是靈質嗎？朱美在這方面難免感到不安，但總之北澤吐出的物體不是靈質，朱美也同意這個結論，因此沒有刻意插嘴。

朱美身旁的中本少年，像是為自己的膚淺知識感到丟臉，聲音變得顫抖。

「原、原來如此……阿伯……不，大哥，你好清楚呢。」中本少年似乎對坐在眼前的不起眼三十歲男性另眼相看。「那麼，聰明的大哥，請告訴我！我那天晚上目擊的奇妙光景究竟是什麼？那個男的嘴裡吐出什麼東西？」

「我可以告訴你，但你能保證不告訴任何人嗎？」

鵜飼看著中本少年的雙眼這麼說，少年像是入迷般默默點頭。看來少年現在完全將鵜飼當成稍微優於自己的賢者，感覺遲早會真的叫他一聲「哥哥」。

鵜飼以沉重的語氣對少年說：

「北澤庸介臨死之際吐出的神祕物體，說穿了就是──『靈魂』。」

「靈魂……」少年複誦之後輕敲手心。「原、原來如此！」

朱美差點從自己坐的岩石滑落。鵜飼問題很大，但這個少年也不遑多讓。這兩人該不會沒有充足的科學知識吧？

但鵜飼依然以正經語氣繼續述說自己的意見。

「沒錯，是靈魂，不是有句話說『靈魂出竅』嗎？你看見的正是這幅光景。北澤庸介軀體死亡的一瞬間，靈魂脫離他的軀體，化為氣態的閃耀光輝，從嘴裡冒出來。天啊，你看見稀奇的光景了，這不是想看就輕易看得見的……」

「別再說了~！」沒辦法繼續默默旁聽了。朱美打斷鵜飼的超常解釋，猛然提出異議。「鵜飼先生！不可以對孩子亂說話！」

「亂說話？喔，那麼妳否定人類有靈魂？」

「我、我並沒有否定人類有靈魂，但是靈魂絕對不可能發光或是從嘴裡冒出來，應該以更加實際的方式解釋。」

「唔……」

「是喔，既然這樣，我就聽聽妳相信的實際解釋吧。」

朱美聽他這麼說也語塞了。死者嘆出黃色光輝的氣，這種異常現象無從以實際方式解釋吧？

朱美逼不得已，說出最沒新意的可能性。

「這、這大概是看錯了。慘劇發生在面前，中本同學受到打擊，所以才彷彿看見這種不可能發生的現象，如此而已。實際上，死亡的北澤沒嘆出黃色的氣，當然也沒有靈質或死者靈魂這種事。」

朱美一鼓作氣說完，才首度察覺中本少年的冰冷視線。

「…………」少年以不信任大人們的表情低語。「嘖，果然不該對任何人說的。這樣啊，我懂了啦。」

中本少年像是再也沒什麼話好說般迅速起身，接著緩緩拍掉褲子灰塵，快步遠離朱美他們，再不慌不忙轉過身來，雙手在嘴邊擺成喇叭形狀大喊：

「笨蛋，我沒看錯！不准當我是小孩子就瞧不起！我真的親眼看得很清楚——！」

鵜飼隨即也大聲回應少年的內心吶喊。

「對，你沒看錯！你確實看見了！那是人類的靈——」

「靈魂哪可能看得見啊——！關於這部分，那個大姊講的是對的——！」

「呃！」鵜飼愕然張嘴。「這小鬼講這什麼話……」

「快點滾回市區吧，可惡的騙子偵探！」

中本少年一說完，就一溜煙朝雜木林方向跑走。

朱美目送少年背影消失在林子裡，深深嘆了口氣。

「啊啊，好像傷害他了，早知道別講那種話。」

「哼，別管他就好，寵那種自我意識過剩的小鬼沒好事。」

「哇，鵜飼先生對國中生真嚴厲，因為像是看到以前的自己？」

「和這種事無關。」

「那麼，因為像是看到現在的自己？」

「怎麼可能！」鵜飼不悅地雙手抱胸。「總之我討厭他，所以不告訴他真相，他註定一輩子思考自己目擊的神奇光景有什麼意義。哎，比起輕易告訴他答案，讓他自己想比較有助於他的將來。」

「——咦？」鵜飼這番話令朱美不禁瞪大雙眼。「也就是說，鵜飼先生，你知道那孩子目擊的神奇光景有什麼意義嗎？所以他講的不是做夢也不是看錯？」

「當然。那個少年只是因為對靈異現象感興趣，才被影響得沒看見眼前的現實。實際上，這個現象沒有很奇妙，靈質這種東西和這個案件完全無關，死者的靈魂當然也無關。」

鵜飼說著，發出咄咄逼人的笑聲。

朱美愣愣地注視他。仔細想想，鵜飼這個人原本就對超自然或靈異世界完全沒興趣，卻突然說出「死者靈魂」這種話，朱美才會覺得奇怪。看來那番話是用來迷惑那個愛好靈異現象的國中生，鵜飼已經察覺事件真相。

「既然這樣，就趕快說明吧。」

朱美說完，偵探像是吊胃口般回答：

「等天黑再說。」

五

數小時後，夏季太陽也已經西沉，盆藏山洋溢夜晚的空氣——

吃完晚餐的朱美與鵜飼，再度回到小河河畔。這裡幾乎就是朱美等人白天遇見岡部庄三，聽中本少年講靈異事件的地點。

鵜飼坐在大殘株縮起上半身，朱美蹲坐在楓樹底下，背靠粗壯的樹幹。周圍又高又茂密的夏季綠草完全遮住兩人身影，他們的視線總是專心投向小河。

不過，在這裡埋伏至今三十分鐘，值得提及的事件只有魚兒在河面「噗通！」跳了一次，烏鴉在河岸「呱！」叫了一次，以及偵探「哈啾！」打了噴嚏一次。最後，只有朱美打呵欠的次數隨著時間增加。

話說回來——

朱美忍住今晚不曉得第幾次的呵欠，斜眼偷看坐在一旁的鵜飼。

這個偵探是基於什麼目的在這裡埋伏？即使直接詢問這件事，鵜飼也吊兒郎當地閃爍其詞，完全不肯正經回答。

（既然這樣……）朱美決定讓自己的大腦全力運轉。

某人會來到入夜的小河河畔？

這個人出現在這種偏僻地方做什麼？

這個人和北澤庸介的死有關嗎？

到頭來，北澤庸介的死是意外？自殺？還是他殺？

許多疑問在朱美腦海浮現又消失，但思緒一直沒能整合。

想著想著，朱美開始搞不懂自己在想什麼。沒能整合的思緒終於陷入瓶頸，朱美的眼皮逐漸沉重。

不知何時，朱美獨自陷入睡眠的深淵。

然後——

經過了一段如同永恆又如同剎那的時間。

朱美突然感覺身體浮在半空中，在下一瞬間——「咚！」

「唔！」她隨著後腦杓的鈍重衝擊睜開雙眼。從睡眠深淵生還的她，看見浮在夜空中的月亮。看來自己睡著了，原本應該背靠楓樹樹幹，如今則是仰躺在地面。

真是的，美女偵探助手的形象全沒了。

「好痛……」朱美按著撞到地面的後腦杓緩緩起身。

回神一看，夜幕完全籠罩周圍，剛才僅存的些許晚霞餘光，如今也消失無蹤。盆藏山各處都在黑暗之中。不，等一下，好像不是這樣……

朱美忽然感覺黑暗中隱約有個東西而歪過腦袋。奇怪，這種奇妙的感覺是什麼？感到疑惑的朱美呼叫身旁的偵探。「那個，鵜飼先生……」

但他沒回應。

直到剛才坐在殘株上的鵜飼不知何時起身，整張臉完全伸到草叢上方，動也不動地注視前方，早就不是祕密埋伏了。（既然這樣……）如此心想的朱美也光明正大起身，和鵜飼並肩看向前方。

就在這個時候，一幅光景映入朱美眼簾——

過於美麗的這幅光景，使得她「啊！」地驚叫一聲就暫時語塞。

她面前的小河，無數光輝沿著潺潺流水飄動。

都是黃色……不對，正確來說是黃綠色的光粒。這些光粒在河畔草叢、樹木的枝枒或葉子上，或是在岩石表面散發無數光輝，如同今晚某人不小心將黃綠色的寶石灑滿河岸。

朱美好不容易回神詢問身旁的偵探：「這、這些，難道是……？」

面對她不完整的詢問，鵜飼以一句話就完美回答。

「是螢火蟲。」

這些光芒確實是螢火蟲。散發淡淡光芒的螢火蟲如同聖誕燈飾點綴河岸。朱美暫時陶醉地欣賞幻想般的光之舞。

不過她看著看著，內心再度冒出數個疑問。

「那個，鵜飼先生，今晚的埋伏難道是為了這個？」

朱美壓低音量，以免影響四處飛翔的螢火蟲。鵜飼同樣輕聲回應：

「當然——如何，很漂亮吧？」

「漂亮是漂亮……」朱美以掃興的語氣回應。「既然這樣，應該不會演變成這裡出現凶惡殺人魔的狀況吧？」

「那當然，怎麼可能出現凶惡殺人魔——妳為什麼這麼認為？」

鵜飼以正經表情詢問，朱美在黑暗中臉紅。

「因、因為就是會讓人這麼認為吧？到頭來，我們來到這座村莊是要查明北澤庸介的真正死因，為什麼會變得像是『夏夜賞螢』？這樣很奇怪吧？」

「是喔，所以朱美小姐認為這些螢火蟲和北澤的死無關。」

「啊？那當然吧？為什麼小蟲和人類摔死有關？」

「不，兩者關係可大了。」鵜飼斬釘截鐵地斷言之後詢問朱美：「妳對那個中本少年的證詞有什麼看法？北澤庸介死亡時吐出像是嘆息的發光物體，這東西究竟是什麼？妳應該不認為是他說的靈異現象吧？」

「當然不認為……咦，那麼，不會吧？」

朱美至此總算理解鵜飼的意思。

少年目擊的奇蹟是過於異常的現象，所以感覺不可能進行合理的解釋。然而現在這一瞬間放眼所見的光景不就是答案？

察覺這件事的朱美半信半疑地開口。

「難道……死者的嘆息其實是……螢火蟲？」

「沒錯，螢火蟲。」鵜飼很乾脆地點頭。「雖說是螢火蟲，但當然不是一隻，是幾十隻螢火蟲同時從死亡北澤的嘴裡飛出來，而且牠們的屁股閃閃發亮，所以看起來彷彿死者嘆出散發黃光的氣。不過唯一目擊這個場面的中本少年是喜歡靈異現象的國中生，所以解釋成更有趣的『靈質』現象。」

「原、原來如此——我雖然很想這麼說……」朱美難以置信般搖頭。「不過為什麼死人嘴裡有螢火蟲？這種事太神奇了……應該說噁心！」

即使螢火蟲看起來美麗可愛，但塞進嘴裡就是兩回事。朱美不禁發抖。鵜飼斜眼看著她，咧嘴一笑。

「哎，確實不是什麼舒服的事情，不過妳想想，北澤庸介還活著的時候，某人硬是撬開他的嘴將螢火蟲塞進去，這種事真的有可能嗎？假設可能，這麼做又有什麼意義？」

「也、也對，我覺得這種事應該不可能，而且完全沒意義。」

「對吧？所以只能推測北澤不是被某人強迫，而是自願將許多螢火蟲放進嘴裡，既然這樣就只能得出一個結論，也就是——」鵜飼在朱美面前豎起食指，以堅定語氣斷言：「北澤庸介是螢火蟲小偷！」

「咦？」他出乎意料的這句話令朱美暫時語塞。「……螢火蟲小偷？」

「對。沒辦法相信嗎？不過我聽過類似的案例。以前某個村莊的某人被稱為抓螢火蟲的大師，這位大師不使用捕蟲網，他在小河河畔發現螢火蟲，就會用手指抓住放進自己嘴裡存放。據說他以這種方式，能夠在眨眼之間抓到幾十隻螢火蟲。」

「別再講了啦！我不是說過很噁心嗎？」

「就算妳這麼說，但這是事實，所以也沒辦法吧？何況這種做法雖然不衛生，但確實合理。抓到小蟲的時候，人體能暫時保管小蟲的部位果然是嘴，換句話說，大師將自己的嘴當成蟲籠的代替品。」

「那麼，北澤庸介也學大師這麼做？」

「總之，就是這麼回事。北澤恐怕是在兜風時經過這條小河的河畔，時間大概是黃昏時分吧，他在這裡偶然目睹飛舞的螢火蟲。他剛開始應該是被這幅光景感動，但是不久之後，邪惡的想法開始在他腦中萌芽——『抓住這裡的螢火蟲，再高價賣給都市的傢伙，不就可以小賺一筆嗎？而且現在還可以上網賣，嘿嘿嘿！』類似這種惡劣的點子。」

「原來如此，確實是低俗烏賊市民會有的想法。」

「嗯。只不過依照現實狀況，基本上不可能抓螢火蟲來賣。」

「為什麼？因為違反動物保護法之類？或是華盛頓公約？」

「不，這是法律之前的問題。到頭來，螢火蟲發育為成蟲之後，在地面生活約一星期就會立刻死掉，不是鍬形蟲或瓢蟲那種可以養很久的生物，真要說的話，牠們的生態比較像是蟬。」
「是喔，蟬就沒辦法交易了。不過住在城市的北澤連這種知識都沒有，就這麼認為可以藉此賺一筆錢。」
「總之，也無法否定北澤抓螢火蟲可能只是想自行享受幾天，無論如何，發現螢火蟲的北澤突然變成螢火蟲小偷，這應該是事實。不過因為事情過於突然，他手邊沒有捕蟲網也沒有蟲籠。回到車上或許找得到代替品，但他甚至捨不得花時間來回。此時，北澤想到抓螢火蟲大師的趣談──我終究不認為他想得到，但以結果來說，他選擇的方法和大師相同。」
「也就是用自己的嘴代替蟲籠……嗚噁～」
原本肯定能喚來感動的幻想光景，也在偵探述說的意外事實面前褪色。
朱美看著河岸飛舞的螢火蟲群，不禁按住自己的嘴。因為她覺得要是張嘴，似乎會有無數螢火蟲飛進嘴裡。
朱美從螢火蟲群移開目光，再度面向鵜飼。
「所以，將螢火蟲塞進嘴裡的北澤為什麼會死掉？」
「這始終是我的想像，但我推測某人看見了北澤抓螢火蟲的場面。」
「可是就算看見，他也只是螢火蟲小偷吧？不可能因為這樣就被殺。」
「不不不，不可以小看區區的螢火蟲小偷，因為北澤是烏賊川市公所的職員，烏賊川市的公僕在豬鹿村偷螢火蟲，這是天大的事情，要是這個消息公諸於世，兩個自治組織會開戰的。」

「不，我覺得應該不會開戰，不過確實會成為大問題吧，北澤將沒辦法留在市公所——我懂了，北澤害怕變成這樣，所以含著螢火蟲逃離小河河畔，進入雜木林。」

「沒錯。另一方面，發現北澤的人覺得螢火蟲小偷不可原諒，對北澤窮追不捨，最後將北澤趕到那座山崖上面，然後終於將他推落山崖——」

就在這個時候，黑暗中響起低沉的男性聲音，如同要打斷鵜飼的話語。

「這就錯了！我沒碰那個人一根寒毛！」

朱美驚嚇過度挺直背脊，反觀鵜飼似乎打從一開始就察覺這個男性的存在，悠哉轉身向後，朝著黑暗叫出對方的名字。

「不好意思，岡部先生，可以請你露面嗎？」

從黑暗中現身的果然是岡部庄三。

和白天同樣穿工作服的岡部大步走向鵜飼他們，全身散發的嚴肅氣息彷彿光暈。鵜飼一如往常以欠缺緊張感的話語向岡部搭話。

「嗨，岡部先生，你一直在那裡聽我們說話吧？該不會把我們當成螢火蟲小偷？放心，沒問題的，我們和他不一樣。」

「你說的『他』──是叫做北澤的男性吧？」岡部以愛理不理的語氣回答。

「那個人確實是螢火蟲小偷，我湊巧目擊現場並且質問他，但那個傢伙大概覺得一開口就會露出馬腳，就這麼閉著嘴不發一語突然逃走。我追著他跑，他跑進雜木林，到這裡都如你剛才所說，不過──」

岡部大幅搖頭，在黑暗中也清晰可見。

「不是我殺的。他擅自靠近危險的山崖，然後自己失足摔到山崖下面死亡，也就是他自作自受。」

「原來如此，這種說法姑且合理。但如果這是事實，你為什麼要做那種拐彎抹角的行徑？」

「拐彎抹角的行徑？」

「就是報警啊。你當時通報派出所說，山崖方向傳來『呀啊啊啊』的悽慘叫聲，你為什麼不老實說明螢火蟲小偷在你面前墜崖？」

「這、這是因為……」岡部的語氣如同呻吟。「因為老實說，我很怕。畢竟是山崖上面發生的事，現場只有我與他兩人，就算說出真相，也不曉得警方是否肯相信。不，警方恐怕會懷疑我吧，這樣的話，我沒有證明自己清白的方法。」

「但我覺得警方也沒有證明你犯罪的方法。」

「是沒錯，但問題不在這裡。在這個小小的村莊，被警察質疑就是一大問題，肯定會造成負面評價，而且轉眼之間傳遍整座村莊。一旦被村民用這種眼光看待，就需要漫長的時間與忍耐才能擺脫，所以我希望盡量別牽扯到這個案件。」

「那麼反過來說，你為什麼報警？到頭來，既然不想牽扯，別報警不就好？」

「話是這麼說，但我在山崖上沒辦法確認他已經死掉或是還有呼吸。要是死掉就到此為止，但萬一還有機會得救，就不能扔著不管吧？」

「原來如此，你個人內心也很糾結吧，結果你委託松岡巡查進行確認。你以少年在山崖下方發出的『呀啊啊啊……』慘叫聲為藉口，向松岡巡查報案。沒錯吧？」

「沒錯。我承認這是卑鄙的做法，但我剛才說了好幾次，這是他自作自受，我沒出手。雖然這麼說，但在他死亡的現在，我唯一能做的就是讓別人相信我……」

拜託，相信我吧——朱美徹底感覺岡部的視線如此訴說。

但朱美無法判斷該如何解釋這個男性的說法。他似乎是率直說出真相，但朱美也沒單純到如此信賴一個今天剛認識的人。世上有人打從骨子裡是騙子。

不過，相較於如此提防的她——

「我知道了，岡部先生，我相信你的說法。」鵜飼乾脆到近乎輕率地點了點頭。「看來北澤庸介的死只不過是一場不幸的意外。我會向委託人這樣報告，對松岡巡查那邊也是。」

「真、真的嗎？你願意相信我嗎？」

當事人岡部庄三似乎也沒想到鵜飼會這樣反應。岡部瞬間像是感慨至極般沉默，然後說聲「謝謝」深深低下頭。

然後鵜飼以大而化之的語氣對愣住的朱美說：

「那麼，既然看了螢火蟲，工作也結束，我們就回市區吧——」

六

岡部帶兩人行經黑暗的夜路，從小河河畔回到雷諾所停的路邊，託福兩人沒迷路就抵達車子所在處。

向岡部告別之後，朱美坐進副駕駛座，鵜飼同樣坐進駕駛座，但在這個時候……

「啊，對了，岡部先生！」鵜飼像是想到重要的急事，下車走向岡部。兩人在車旁簡短交談。後來岡部點了點頭，鵜飼就露出接納的表情，再度坐進駕駛座。

「——那就拜託你了！」

鵜飼從駕駛座車窗朝岡部舉起單手，然後就這麼發車。

藍色雷諾順利起步，揮手的岡部眨眼之間就被拋在後頭。
等到岡部的身影完全消失，鵜飼主動對朱美說話。
「好啦，朱美小姐，妳應該想問我一些事吧？」
「那當然。不過，等一下，我想想要從哪裡問起……」
朱美暫時整理思緒之後，提出第一個問題。
「到頭來，鵜飼先生為什麼察覺那個河畔是螢火蟲樂園？問過誰嗎？」
「我沒問任何人，只是因為那條小河湊齊各種條件。小河遠離人煙、河水乾淨、岸邊是茂密的草木，而且還有很多川蜷。」
「川蜷？」
「河底很多吧？就是大約田螺大的細長螺類，那個就是川蜷，是源氏螢的食物。源氏螢的幼蟲在水裡吃川蜷長大，川蜷是源氏螢繁殖時不可或缺的生物。」
「嗯？鵜飼先生，這麼重要的川蜷，記得你拿來砸過少年……」
「別講得這麼難聽好嗎？我扔的是川蜷的殼，裡面的肉已經被吃掉了，我可不是在糟蹋生命喔。」
他挺起胸膛。不愧是對環境友善的名偵探。
「我懂了。總歸來說，那條小河具備螢火蟲繁殖的環境是吧？」
「對，然後那個少年提供近似靈異事件的證詞，結合這兩個要素思考，自然會得出一個結論：螢火蟲在那條小河大量繁殖，北澤就這麼含著許多螢火蟲而死。」

朱美不曉得這是否是理所當然的結論，總之他的推理命中紅心。

「那麼下一個問題，岡部先生拿掃把跳的舞是什麼意義？」

「其實那個也和螢火蟲有關。螢火蟲的天敵是蜘蛛，所以如果想讓螢火蟲繁殖，減少蜘蛛的數量就好。但是不能為此噴殺蟲劑，不然螢火蟲也會和蜘蛛一起死掉。那麼該如何不殺蜘蛛又保護螢火蟲？有一個土法煉鋼的方法，就是不殺蜘蛛，只破壞蜘蛛網，反覆找出蜘蛛網並且破壞，這樣就可以保護螢火蟲。我們當時看見的正是這樣的光景。」

「原來如此，蜘蛛在那兩棵枯樹中間結網，岡部先生用竹掃把前端撥掉。」

「沒錯。不過遠遠眺望的我們看不到蜘蛛網，結果看起來就像是他在打掃一無所有的空中。」

「岡部先生一直用這種方式保護螢火蟲吧。也就是說，螢火蟲在那條小河大量繁殖是他的功勞？」

「大概沒錯。那個人在那裡打造了螢火蟲樂園，或許不只是清除蜘蛛網，還培育川蜷或移植幼蟲。但是北澤庸介突然闖進這座樂園，偶然目擊的岡部先生火冒三丈追著他跑，導致這次的悲劇。」

朱美認為確實如鵜飼所說吧。假設真是如此，朱美就不得不再度質疑岡部庄三。

「那個，岡部先生真的沒碰北澤庸介一根寒毛嗎？說不定他過於愛護螢火蟲，對螢火蟲小偷進行過度的制裁……」

鵜飼沒聽完朱美這番話，在駕駛座搖了搖頭。

「老實說，連我也不知道。但我只能斷言一件事，那座螢火蟲樂園沒有他就無法維持下去，該怎麼說，這樣有點可惜吧？妳不這麼認為嗎？」

「啊啊，確實如此。」

朱美緩緩點頭，然後覺得自己終於理解鵜飼剛才的舉動。

他之所以相信今天初遇的岡部，將一切藏在自己心底的理由。

他將那些螢火蟲的未來託付給岡部。

受託的岡部今後應該也會在那條小河的河畔保護螢火蟲，持續清除蜘蛛網吧。

對了，說到託付——

朱美想起她要問鵜飼的最後一件事。

「鵜飼先生，剛才和岡部先生道別的時候，你拜託他做某件事吧？你究竟拜託他什麼事？」

「啊啊，妳說那個啊。」鵜飼在駕駛座咧嘴一笑。「放心，沒什麼大不了的，我是請他讓一個叫做中本俊樹的少年看看那群螢火蟲。即使是喜歡靈異現象的國中生，看到那幅光景肯定也會想到某些事吧，畢竟他親眼看過死者嘴裡飛出來的光，之後就看他的想像力了。」

「這樣啊，既然這樣，他肯定再也沒辦法說那是靈質了！」

朱美不禁發出笑聲，在副駕駛座拍手。

「不，這就難說了，畢竟他正值國中二年級的年紀。」

鵜飼說完，嘴角露出挖苦的笑容。

不知何時，載著兩人的車穿過森林道路，來到視野開闊的山區道路。

車子行進的方向，映入整面擋風玻璃的是烏賊川市夜景。

即使是冷清衛星都市的零星市區燈火，像這樣遠眺也挺漂亮的。

朱美不禁陶醉忘神欣賞這幅光景，此時駕駛座傳來鵜飼的聲音。

「看，朱美小姐，那裡是我們的城市——啊，不過我把話說在前面以防萬一。」

鵜飼移動視線看向朱美，像是忠告般說：「就算發生那樣的案件，也絕對別說『市區燈火好像螢火蟲』這種老套的感想喔！」

朱美差點從座椅滑落，不禁放聲大喊：

「誰會這麼說啊，笨蛋！」

二〇四號房在燃燒嗎？

二

阪神的金本知憲退休數天後，十月某個下雨的星期日——

一名女性手拿溼答答的傘造訪偵探事務所。這名女性不知所措地環視邋遢室內，如同要在陌生的土地問路。

「請問，這裡是『鵜飼杜夫偵探事務所』沒錯嗎？」

「…………」當時恰巧在事務所沙發打發時間的二宮朱美瞬間愣住，但她立刻理解狀況，扔下右手的女性雜誌。「歡迎光臨！」接著她將左手的仙貝藏在背後起身。「您、您有事造訪偵探事務所是吧？」

「是的，我有件事想特別前來商量，所以登門拜訪。」

深深行禮的這名女性如同模特兒般高䠷，身材傲人，灰色套裝襯托窈窕腰身非常有型，背後是一頭美麗的黑色長髮，整體洋溢穩重的成熟女性氣息，不過從膚質來看，實際年紀還很輕，朱美判斷大概三十歲左右。猜女性年齡是她私藏的專長。

至於朱美則是距離三十歲還很久的單身女性，而且年紀輕輕就擁有這間偵探事務所入住的綜合大樓，也就是了不起的大樓房東。

所以，只要向偵探事務所收取每月房租，她就能享受無所事事的優雅身分——但是這個窮偵探別說每個月，甚至是以半年為單位欠繳房租，託福她每天都會監督這裡的經營狀況，盡量避免這間事務所成為不良債券。

簡單來說，這間偵探事務所，現階段堪稱由朱美掌握實權。

因此她在週日白天獨自霸占事務所沙發，單手拿著女性雜誌悠哉享用仙貝。

基於前述苦衷，朱美沒道理放掉難得迷途上門的委託人。「請坐。」朱美朝女性投以最燦爛的笑容，親切邀她坐下。

接著她去找這間偵探事務所表面上的主人。

他——最令朱美擔憂的這名男性鵜飼杜夫，從事務所深處悠然現身。

「您好，歡迎來到推理的殿堂『鵜飼杜夫偵探事務所』。」

他說著新的宣傳標語。朱美心想根本不需要這種標語。

「我是所長鵜飼，她是可以信賴的助手二宮朱美小姐。」

我不是助手。朱美在內心低語抱怨，但是看在「可以信賴」這句話就姑且原諒。

「此外，我還有一個不可以信賴的助手，不過等其他機會再介紹吧——話說盆藏山的楓葉如何？我覺得差不多是賞楓時期了。」

「嗯，這幾天確實是賞楓的好時機……」她回答到一半，臉上迅速充滿疑惑的神色。「為什麼突然提到盆藏山？我明明連自己的姓名都還沒說啊？」

鵜飼坐在朱美身旁，掛著老神在在的笑容開口。

「沒什麼，這是簡單的推理。您那套筆挺的灰色套裝是名牌正式套裝，但是太正式了，不是刻意在雨天造訪偵探事務所該穿的衣服，如果堅持要穿，應該會再穿一件雨衣，但您只撐一把傘就來到這間事務所。至於那把傘，乍看是典雅的褐色雨傘，其實是站前便利商店賣的五百圓廉價傘。高級套裝加廉價傘非常不搭調，換句話說，您是因為突然下雨而為難，急忙買一把傘擋雨。不過這場雨不是突然下的，是從中午過後開始下，已經持續下了一個小時以上，代表您至少是一個小時前出門。順帶一提，我看窗外就知道您不是開車來訪，因為停車場除了我的愛車雷諾，只停了我看過的車子。咦，可能是搭計程車過來？不不不，要是搭計程車，車子肯定會停在這棟大樓的玄關前面，從那裡撐傘只須走一小段路，那麼傘就不會溼成那樣。您大概是搭電車到車站，在站前便利商店買傘走過來的，所以您住的地方是從烏賊川車站搭電車要一個小時以上的偏遠城鎮，既然這樣，只能推測您住在盆藏山山腳的某處——請問我的推理如何？」

她聽到鵜飼如此詢問，毫不猶豫地條列回答：

「①灰色套裝不是名牌，是在平價西服店買的量產成衣。②我不是沒穿雨衣，我根本沒有雨衣。③傘乍看是廉價品，不過是有錢朋友贈送的五千圓價位高級品。④我大約半小時前離家，當時雨已經下得很大。⑤所以我是搭計程車過來的。⑥傘涇答答是因為我在計程車招呼站等很久——這就是真相，如何？」

「…………」

偵探默默聆聽她毫不留情的指責，最後抬起表情空洞的臉。「咳！」他乾咳一聲之後回答：「——哎，我偶爾也會猜錯。」

完全沒猜對的偵探居然講這種話？朱美投以冰冷的視線，旁邊的鵜飼若無其事佯裝成面無表情，重新對面前的女性說：

「唔，那麼，首先請教您的大名吧……」

「千葉聰美，二十九歲。」灰色套裝女性面對朱美與鵜飼如此自稱。順帶一提，她不是住在盆藏山山腳，而是烏賊川市郊外的某間公寓，現在獨居，在當地的壽險公司擔任會計出納。

「我進這個公司第七年了，現在依然單身，但是有交往對象。不過最近開始交往的他——」

「喔，他怎麼了？做了什麼事嗎？」

「是的，其實我懷疑他有別的女人……」

「原來如此，相當有可能。」

這個反應從某方面聽起來，對於委託人來說非常失禮，但鵜飼毫不內疚，甚至以嚴肅視線投向她，像是勸誡般說：

「我不把話講得太難聽，請不要委託調查外遇，做這種事不會讓任何人幸福。揭發他人的祕密究竟能怎樣？只會讓彼此空虛而已。」

原來如此，或許如他所說吧——差點附和的朱美連忙搖頭。如果揭發他人的祕密很空虛，到頭來這個世界就沒有偵探事務所存在的理由，鵜飼這番話是在否定自己私家偵探的身分。

——這個人只是不想做「外遇調查」這種乏味的工作吧！

朱美敏感察覺這個嫌麻煩偵探的懶散意志，緊急發動她身為偵探事務所最高掌權人的特權。

「調查外遇是所長最擅長的領域，請您說明細節吧，我們所長肯定會回應委託人的期待。」朱美擅自推動話題，朝坐在身旁的偵探嫣然一笑。「對吧，所長？這間貧窮的偵探事務所，再怎麼樣都不會拒絕委託吧？」

鵜飼立刻出現明顯失望與大幅放棄的神色。

「啊，嗯，那當然，調查外遇正如我所願。好，就這麼做吧，我就盡量揭發別人的祕密，讓大家盡情享受空虛的心情吧。」

鵜飼鬧脾氣般說完，在沙發上伸直背脊，再度面向委託人。

「所以，您這位習慣劈腿的男友是怎樣的男性？」

「並沒有習慣劈腿就是了……」千葉聰美即使對偵探的反應感到困惑，依然說出男友的情報。「他叫做辰巳千昭，年紀大我三歲，三十二歲，職業是餐廳老闆，雖說是老闆，也只是開一間小小的酒吧而已，是在鹽辛町叫做『滿壘策』的時尚酒吧。」

「真的是時尚酒吧？取這個名字？我沒辦法相信呢。」

「名字一點都不重要吧？」千葉聰美回到正題。「愛喝酒的我，某天下班回家光顧這間酒吧，對正在搖酒的他一見鍾情。後來我常常去那間店，彼此交情越來越好，終於開始私下交往。我們認識至今才半年，開始交往才短短兩個月，但我很認真想和他結婚。」

「那麼，您有什麼根據懷疑這位辰巳先生有別的女人？」

「其實我聽到好幾個類似的傳聞……」

「他和其他女性走得很近的傳聞？」

「嗯，是的。」千葉聰美嘴唇顫抖，透露出不甘心的情緒。「像是辰巳在夜間市區，和年輕漂亮像是模特兒的女生親密地手挽著手行走，或是在『滿壘策』以外的酒吧一起喝酒，或是在賓館街看見他之類的。不同人在各種地方目擊辰巳和那個女性在一起。」

「這樣啊。為求謹慎請教一下，和辰巳先生在一起的女性不是您吧？因為您的體型也很像模特兒。」

「哎呀，別這麼說……」千葉聰美謙虛地搖了搖頭。「不是我，辰巳是和別的女人在一起。依照目擊者的證詞，那個女性是臉蛋妖豔又上濃妝，長長黑髮引人注目的美女，而且穿紅色或紫色的華麗禮服。但我至今從來沒有穿那種花俏禮服和辰巳一起上街。」

任職於保險公司的粉領族千葉聰美，像是誇示樸素的套裝般挺胸。

「那個，恕我冒昧提出一個失禮的問題。」鵜飼鄭重做個開場白。「其實您的男友異常喜歡模特兒，喜歡帶這種體型的美女上街，而且一個接一個換——應該沒有這種可能性吧？」他問的問題真的很失禮。

委託人當然否定鵜飼提出的可能性。

「我不曉得辰巳是否喜歡模特兒，但我覺得和他在一起的女性不可能每次都不一樣。目擊者說的女性特徵與服裝印象都一致，到頭來，不可能輕易就追到許多模特兒類型的女性吧？我覺得辰巳很英俊又受歡迎，但他不是吃軟飯的人，真要說的話是文靜又內向的類型。」

「這樣啊，那就當成是這麼一回事吧。」鵜飼以語帶玄機的說法打斷這個話題，一鼓作氣說出結論。「既然這樣就簡單了。總歸來說，只要發現辰巳千昭先生和那個禮服女性親密相處的場面，拍下一張清楚的照片就好，這就可以成為花心的證據，再來就是您和辰巳先生自己溝通。要分手也好、要盡棄前嫌也好、要把那個女性吊起來也好……」

不能吊起來吧？朱美斜眼瞪鵜飼，反觀鵜飼則是向千葉聰美討一個調查外遇時不可或缺的物品。

「您身上有這位辰巳先生的照片嗎？」

千葉聰美如同早就預料到這個問題，毫不猶豫取出票夾，從裡面抽出一張照片遞給偵探。「——這就是辰巳。」

如何，很帥吧！

感覺這句炫耀的話語隨時會脫口而出，但是二十九歲單身粉領族炫耀起男友毫無客觀可言。朱美半信半疑地注視她遞出來的照片，旁邊的鵜飼也一起看照片，然後兩人同時驚呼。

「哎呀，這實在是……」

「嗯，這真不錯呢……」

看來千葉聰美這番話沒有欺騙或誇示。

她手中照片上的辰巳千昭，確實英俊得讓人眼睛一亮。

二

最後，鵜飼接受了千葉聰美的委託，朱美這樣就非常滿足，不知道後來的詳細經過，也沒興趣知道。既然接下委託，這份工作就屬於偵探，之後應該會順利完成吧。不對，以他的狀況可能不會很順利，但這樣也無可奈何。朱美抱持置身事外的心態。

不過，從下雨週日經過整整三天的週三下午，朱美再度和鵜飼的工作扯上關係。

當時朱美在烏賊川市的站前繁華區買完東西，到當地知名的咖啡廳「CHARLEY'S COFFEE」（仿冒大都市知名的「TULLY'S COFFEE」）一邊喝茶，一邊心想該回家了。

這一瞬間，熟悉的西裝身影從朱美眼前經過。

他將雙手插在褲子口袋，微微低頭前進，看起來難免像是一邊走一邊尋找掉在地上的十圓銅板，但是並非如此。朱美立刻衝出咖啡廳，快步追上他，輕拍他毫無防備的背。「──鵜飼先生！」

「呀啊啊啊！」鵜飼瞬間驚慌大喊，鬧區往來的行人同時朝他行注目禮。

「噓～朱美小姐！請！安！靜！」鵜飼食指移動到嘴巴前方，做出非常矛盾的反應。

「吵的是你吧？你在這種地方做什麼？」

「問我做什麼——我看起來像是邊走邊找弄丟的百圓銅板嗎？」

「…………」看來不是十圓或百圓的問題。「不然你掉了多少錢？不然我一起幫忙找吧？反正我也很閒。」

「講『我也很閒』很沒禮貌，我和妳不一樣，一點都不閒……唔喔，危險！」鵜飼一個轉身，就這麼背對詢問著詫異的朱美：「妳看，大約十公尺前方有個年輕人吧？穿黑西裝的男性。」

「啊啊，那個像是男公關的花俏男生吧，那是誰？」

朱美看著前方的西裝背影詢問，鵜飼立刻回答。

「那就是傳說中的帥哥辰巳千昭——呃，喂，朱美小姐，妳要去哪裡？」

「那還用說，我要過去看他的長相！」

「妳出乎意料愛追星呢……」朱美聽著鵜飼從後方傳來的這句話，向前跑去。

辰巳千昭在路邊吸菸區吞雲吐霧。朱美若無其事接近，近距離看他的長相。看照片就覺得很英俊，但近看就發現英俊程度更加搶眼。修整美麗的眉毛、細長的眼眶、筆挺的鼻子，頭髮柔順，潔白肌膚連一顆痘子都沒有，如同緊貼身體的黑色西裝非常適合他高瘦的體型。

朱美不知何時變得心不在焉，忘神看著他的側臉。後來辰巳千昭將嘴裡的菸塞進菸灰缸，從容踏出腳步。

朱美也像是跟在他身後般搖搖晃晃前進，此時後方突然——

「喂，朱美小姐！」

「呀啊！」這次輪到朱美大喊，路人再度同時行注目禮。朱美將食指移動到嘴巴前方。「噓～鵜飼先生！請！安！靜！」

「吵的是妳吧？不提這個，妳怎麼心不在焉往前走？妳肯定沒理由跟蹤那個男的才對。好啦，別妨礙我工作，妳快回去吧。」

「哎呀，不需要這麼拒我於千里之外吧？兩個人肯定比一個人更好跟蹤吧？鵜飼先生，難得有這個機會，我就幫忙吧。」

「妳這麼想追著帥哥的屁股跑？」

鵜飼無奈地聳肩，視線專注落在前方行走的黑色西裝背影。隨即在下一瞬間，鵜飼發出「啊！」的叫聲。

往前一看，辰巳千昭站在人行道邊緣舉起單手，一輛計程車立刻像是中了魔法般緊急煞車，辰巳千昭悠然坐進後座。

「糟了！我們也得攔計程車才行！」

「放心，沒問題。這邊也準備好車子了。」

然後鵜飼站在人行道邊緣舉起單手，開到面前的是鵜飼的愛車——藍色雷諾。鵜飼與朱美分別迅速坐進副駕駛座與後座。在駕駛座開車的是偵探事務所的末出師小子——見習偵探戶村流平。身穿花俏刺繡外套與牛仔褲的流平，在兩人上車還沒坐好時就緊急起步。

「要追那輛計程車是吧！」踩著油門的流平，刻意轉頭朝後座露出詫異的表情。「唔——不過，朱美小姐怎麼在這裡？」

朱美將他的臉推回去。「先別問了，給我看著前面開車！」

流平重新面向前方開車，鵜飼在副駕駛座雙手抱胸，朱美從後座探出上半身，注視在前方行駛的計程車。

不過，數分鐘的追蹤沒造成任何戲劇化的進展。這輛計程車沒有讓輪胎摩擦地面展開飛車追逐戰，就這樣停在某個住宅區的一角。流平將雷諾停在有點距離的路上。

朱美從後座車窗眺望周圍的景色，大同小異的住宅櫛次鱗比，是隨處可見的住宅區光景，前方賣豆腐的流動攤車掛著「懷抱真心營業中！」的旗幟。

「——這裡是哪裡？」

「墨谷町，辰巳住的城鎮。他住的『墨谷公寓』就在前面，好像是適合單身貴族居住，相當大的套房型公寓。」

鵜飼從副駕駛座車窗指向前方，蓋在那裡的是冰冷水泥外觀頗具特色的兩層樓集合住宅。

辰巳千昭從計程車下車之後，沿著公寓外牆的階梯上樓。

「他的房間是二樓邊間，二〇四號房。」

正如鵜飼所說，辰巳千昭走到公寓外廊的盡頭，停在第四扇門前方，從褲子口袋取出鑰匙開門，就這麼未曾回頭就進入室內，流平等他身影消失之後說：

「鵜飼先生，怎麼辦？回到老地方盯梢嗎？」

「也對，車子停在這裡顯眼得不得了，先把車子停在收費停車場，然後在老地方盯梢吧。」

流平點頭回應鵜飼的指示，只有朱美歪過腦袋。「老地方是哪裡？」

不久，將車子停在附近停車場的三人，如同繞過公寓建地般來到建築物後方，公寓小陽台井然有序的光景映入眼簾。

朱美看著這一幕重新詢問：

「流平，老地方是哪裡？」

「妳看，公寓對街有一間空屋吧？二樓有個古老的陽台吧？從那裡可以清楚看見公寓的二〇四號房喔。」

「是喔，所以是最適合盯梢的地方，不過反過來說，不會容易被發現嗎？因為對方也可以清楚看見我們吧？」

「不，沒問題。陽台扶手釘了波浪板，我們可以從波浪板縫隙觀察對面的樣子，對面沒辦法反過來看見我們。」

「是喔，那就更適合盯梢了——是鵜飼先生找到的？」

「算是吧。」鵜飼回答之後，像是熟門熟路般從玄關闖入這間空屋。玄關大門似乎沒上鎖，應該說肯定是鵜飼使用偵探會有的技術擅自開鎖。

真是個壞偵探——朱美如此低語，同樣入侵空屋。朱美成為壞偵探的共犯了。

鵜飼、流平與朱美三人沿著空屋的老朽階梯走上二樓陽台，彎腰躲在扶手下方的波浪板後面觀察公寓。二〇四號房的陽台確實幾乎就在正前方，落地窗沒拉上窗簾，應該可以隔著玻璃觀察室內的狀況，然而——

時鐘指針已經顯示黃昏時分，室內比想像的昏暗，朱美再怎麼定睛注視，也無法隔著窗戶玻璃確認人影。

「啊～真遺憾！這樣什麼都看不見吧？」

接著，如同聽到的這句不滿——

二〇四號房的窗戶突然透出淡淡的燈光。

不是日光燈的冰冷燈光，是更有情調的橘色柔和燈光，至今看不到的室內模樣因而立刻映入朱美等人眼簾，朱美看到這幅光景差點驚叫出聲。
窗邊站著一名紅色禮服的女性。她背對這裡所以看不見長相，是身材如同模特兒高䠷修長的女性。
女性正前方是身穿黑色西裝的帥哥辰巳千昭，表情看起來是朝著眼前的美麗女性溫柔微笑。
「看吧。」鵜飼從波浪板縫隙凝視著前方大喊：「是紅禮服的女人！」
「嗯，肯定沒錯。」流平也和鵜飼維持相同姿勢大喊：「可惡，讓我看臉啊！」
但流平的願望不可能傳達給對方，女性就這麼背對這裡。
接著，禮服女郎與辰巳千昭的身影看起來相互吸引，兩個身影在鵜飼等人的注視之下重疊，紅禮服女郎如同熱情擁抱般環繞雙臂，朱美旁邊的流平像是在期待什麼般「咕嚕」嚥口口水，鵜飼「喔喔！」輕聲一喊。接著在下一瞬間，禮服女郎身體往前方倒下，如同就這麼將男性推倒。
最後，禮服女性與西裝男性的身影都離開窗框看不見了——
「啊啊，喂，看不見，看！不！見！」鵜飼大喊。
「可惡~難得氣氛正好啊~」流平大喊。
「吵死了，你們是青春期的男生嗎？」朱美嘆息。
兩個男生的臉離開波浪板縫隙，在陽台跳啊跳的想盡辦法要窺視二〇四號房的光景，看起來完全忘記正在盯梢，朱美只能對他們的舉止無可奈何。

「不提這個，鵜飼先生，有沒有拍到照片？」

「不，我太拚命看兩人的激情場面，連一瞬間都不肯放過，所以顧不得拍照。我再三感到遺憾。」

「…………」真沒用的偵探。

「總之，紅禮服女性直到最後都背對這邊，所以實際上堪稱沒機會按快門，但總之可以確認辰巳千昭在二〇四號房和神祕女性密會，既然這樣，只要賭上第二次的機會就好。」然後鵜飼對他不可靠的搭檔下令：「流平繞到公寓玄關，等待女性走出房間的時機，我留在這裡繼續偷窺——更正，監視兩人的行為一陣子。絕對不是基於非分之想，始終是工作的一部分。」

「咦～鵜飼先生～這樣很奸詐啦～都是你吃香～」

「…………」鵜飼先生，你的非分之想都寫在臉上了！而且流平也惋惜過頭吧！

朱美微微嘆氣，接著一幅奇妙的光景映入她的視野。

剛才神祕女性的紅色禮服背影所在的窗戶另一頭，在橙色光線照亮的空間裡，隱約充斥像是霧的東西。

「那是什麼？」朱美從波浪板探頭，指向二〇四號房。「是煙嗎？」

「怎麼可能，就算兩人熱情擁抱到像是要燃燒，也不可能冒煙——喔喔！」

鵜飼瞪大雙眼凝視二〇四號房的光景，窗戶另一頭已經是濃霧覆蓋的狀態，完全看不見室內。鵜飼的聲音因為驚訝而顫抖。

「那、那個確實是煙……不對，不只是煙……還看得到火……」

然後鵜飼像是要將重大真相昭告天下，在陽台大喊：

「二〇四號房燒起來了——！失失失、失火了——！」

二〇四號房發生火災。出乎預料的緊急變化，使得鵜飼暫時在陽台不知所措，接著大概是思緒終於開始運轉。「總之流平，打一一九通報！」他指示助手之後一個轉身。「——我去看看現場！」

他剛說完就沿著空屋階梯衝下樓，流平立刻拿手機報案。「等一下，我也去！」朱美遲疑片刻之後跟在鵜飼身後。

鵜飼與朱美接連抵達「墨谷公寓」，兩人就這麼一鼓作氣沿著外牆樓梯衝上樓，從外廊跑向二〇四號房房門。

抵達二〇四號房了，鵜飼與朱美像是確認彼此意志般相互點頭。

然後鵜飼緩緩按下玄關門鈴——叮咚～！

「笨蛋——！」朱美不禁大喊。「在火災現場按門鈴做什麼啦！」

「沒、沒有啦，姑且是別人家，我覺得會有人應門……」

用不著應門！朱美猛然朝門把伸出右手，幸好門沒鎖，轉動門把就輕易打開門。映入眼簾的是套房公寓稀鬆平常的玄關光景。

朱美連忙開口：「那、那個，有人在家嗎～？」

「看吧！妳也沒資格說別人吧？在火災現場講『有人在家嗎』做什麼啦！」

「因、因為是別人家啊……」

鵜飼與朱美在首度遭遇的火災現場，盡顯經驗不足的一面。

就在這個時候，朱美在脫鞋區發現鮮紅的圓筒狀物體。

「是滅火器！」朱美拿起這個物體交給鵜飼。「我們上吧！」他說完以手帕掩住口鼻進入走廊，鵜飼抱著滅火器緊跟在後。

短短走廊的盡頭是一扇門，朱美打開門之後，鵜飼衝進室內。

映入眼簾的是熊熊燃燒的火海——雖然不到這種程度，但確實正在失火，房間一角沒關的衣櫃正在燃燒，放在牆邊的床也有火光，某人躺在床上。

黑色西裝，工整的臉孔——是辰巳千昭！

然而，他為什麼能在燃燒的床上安然睡覺？

「辰巳……噗啊！」鵜飼被煙薰得後退一步。「可惡，這樣如何？」

鵜飼握緊手上滅火器的握把，胡亂噴起滅火劑。即使是命中率低的噴射似乎也稍微奏效，二〇四號房的火勢看起來受到控制。

火焰與濃煙籠罩的床上，火勢也暫時減弱，此時朱美首度察覺，床上的辰巳千昭並非只是躺著不動。

「他、他死了？被煙嗆死嗎？」

「不對，不是煙。」鵜飼指向橫躺的辰巳千昭上半身。「妳看那個。」

朱美看向鵜飼所指的方向，黑色西裝左胸部位冒出一根棒狀物體，看起來是刀子或菜刀的握柄。

「不、不會吧？」朱美不禁睜大雙眼。「這個人心臟被刺了！」

「對，至少他不是死於火災，這是案件，咳咳，恐怕是命案，咳。朱美小姐，總之就這麼保留現場，咳，我們先，咳咳，離開這裡吧，咳。光靠我們沒辦法，咳，完全滅火，咳咳咳咳……話、話說紅禮服女性……在哪裡，咳咳！」

「夠了啦！要是繼續勉強講話，屍體會變成兩具！」

暫時停止呼吸吧——朱美在鵜飼耳際忠告，然後她扶著站不穩的偵探身體，暫時離開二〇四號房。

被扶出來的鵜飼處於意識朦朧的恍神狀態，臉色比死人還慘白。

三

消防車立刻接連抵達「墨谷公寓」周圍開始滅火，但他們活躍的場面似乎不多。迅速報案與初期滅火奏效，損害程度降低到最小，二〇四號房只有部分區域起火。損害狀況只有衣櫃裡的衣服與床被燒毀，衣櫃旁邊的大鏡子被燻得漆黑，火災造成的其他損害只有一名一氧化碳中毒的偵探，如此而已。

辰巳千昭從滅火的二〇四號房被抬出來，但他不是火災的受害者，奪走辰巳生命的不是火焰或濃煙，是插在胸口的利器。

警方終於正式開始辦案。

負責偵辦的是烏賊川市警察——砂川警部與志木刑警，對於朱美等人來說是老面孔雙人組。這樣的兩人一看見朱美他們就說「什麼嘛，是熟面孔呢」、「是熟悉的三人組呢」板起臉。朱美心想這應該是我要說的才對。

同時，朱美也不滿兩人將她列入偵探三人組之一。不是三人組，是「鵜飼與流平的偵探搭檔」加上「美女姊姊」。這才是朱美的認知。

總之，朱美、鵜飼與流平三人在滅火之後的現場和刑警們見面。再度踏入二〇四號房一看，整體約四分之一燒得焦黑。

砂川警部單手拿著手冊，以犀利視線依序看向三人。

「似乎是你們發現這個房間失火並且報案，先說明當時的詳細狀況吧。」

「知道了。」鵜飼向前一步開口。「其實我們受到某人的某個委託，咳，監視這間咳，二〇四號房，咳，然、然後……嗚噁！」

「你要咳多久啊！」朱美硬是拉鵜飼退後一步。「我來說明。其實我們從一間空屋的陽台監視這間二〇四號房……」

朱美指著窗戶另一邊的空屋，向刑警們詳細說明發現失火的經過。兩人雙手抱胸聆聽朱美說明，等到她說到一個段落，砂川警部就緩緩抬頭瞪向鵜飼。

「喂，你的行為明顯是非法入侵，法律不允許這麼做。」

「啊？千萬不要說是非法入侵，我有好好按門鈴喔。」

「不對～！我說的非法入侵是在空屋盯梢！」

「咦，啊啊，是講這個啊，不，這是，那個……」鵜飼結結巴巴，最後以笑容與歪理帶過話題。「哎，無妨吧？多虧我們盯梢，原本會造成二十人死亡的悽慘大火，奇蹟似地只以小火災作結。」

「哼，意思是要我頒感謝狀嗎？」警部挖苦一句之後就改變話題。「不提這個，問題在於死亡的辰巳千昭，依照剛才的說法，他當時和女性在一起？」

「嗯，肯定沒錯，是紅色禮服的女性。」

「那個女性的特徵是？個子高還是矮？」

「以女性來說算高，和辰巳並肩站在一起也不遜色，體型修長，但沒看到胸部，因為她一直背對我們。咦，禮服的背部？不，沒有露背，不是那種性感禮服，是感覺更高雅的衣服，不過用色很花俏就是了。」

「頭髮是長的還是短的？髮色呢？」

「長的，長髮束起來垂在背後，是黑色。」

「這樣啊……」砂川警部點頭並且在手冊寫筆記，接著繼續詢問：「那個女人是何時又如何出現在這個房間的？你們在市區跟蹤辰巳的時候，他只有一個人吧？」

「嗯，所以那個女人大概一開始就在這個房間吧。女性獨自在房間等待，辰巳後來進入屋內——」

「不，鵜飼先生，這可不一定喔。」插話的是流平。「辰巳進入房間的時候，那個女性說不定還不在這裡，而是在我們移動到空屋時，從玄關進入房間。也可能是這種情形吧？」

「原來如此，流平說得對。」鵜飼雙手抱胸點頭。「不過，總之無論如何都差不多，總歸來說，辰巳千昭與神祕女性待在房間，然後室內開燈，兩人上演火熱的激情場面。」

「等一下。」這次是砂川警部開口。「關於你們偷窺的那個場面——」

「哎呀，說偷窺太過分了。」鵜飼深表遺憾般噘嘴。

「就是說啊，警部先生！」流平也拉大嗓門。「我們不是偷窺，因為當時我們已經從波浪板探出頭，目不轉睛凝視那個場面。對吧，鵜飼先生？」

流平徵求附和，鵜飼輕輕賞他的腦袋一巴掌。

「——所以，警部先生，你說那個場面怎麼了？」

「嗯，在你們眼中似乎是男女熱情相擁的激情場面，不過真的是這樣嗎？你也看到他的屍體吧？那把凶器已經確定是小刀，那把刀從正面插入他的心臟。即使是男性殺人魔，也很難這麼漂亮地刺中成年男性的心臟，弱女子就更難吧。不過女人有女人的武器，所以無法斷言不可能。」

「原來如此，女人的武器啊，換句話說，那個女性以迷人的容貌與甜言蜜語讓辰巳大意，然後假裝熱情相擁，將刀子插入對方胸口。所以我們看見的不是什麼激情場面，正是女性刺殺男性的場面。警部先生，這就是你的意思吧？」

「就是這麼回事。你們覺得呢？你們當時凝視那個場面吧？」

朱美聽他這麼問，感覺自己內心的確信在動搖。

老實說，她也是深信那個場面是男女激情場面的其中一人，但是重新檢視就發現這或許是誤解。那個場面在朱美眼中像是禮服女推倒西裝男，當時她覺得這個女人很積極，不過世上也有很多這種肉食系女子，所以朱美覺得沒什麼突兀感。

不過，如果女性推倒對方的時候拿著刀呢？這種可能性很高吧？空屋陽台和二〇四號房有段相當的距離，因此可以假設朱美等人沒看見女性手中的小刀。

鵜飼恐怕也在思考相同的事，他在刑警們面前頻頻點頭。

「原來如此，確實，我們當時滿腦子都是青春期男生的妄想，無法做出冷靜的判斷，實際上那一幕可能正是殺人場面——流平，你不這麼認為嗎？」

「鵜飼先生說得對，或許那一幕確實是我們妄想出來的激情場面——朱美小姐，妳說對吧？」

「別問我啦，笨蛋！」

朱美稍微用力賞流平的腦袋一巴掌。

就這樣，警方偵訊完畢，結果砂川警部推測朱美等人目擊的紅禮服女性正是殺害辰巳千昭的真凶。

「紅禮服女性誘惑辰巳並且伺機殺害，在現場放火隱瞞自己留下的痕跡，就這麼逃之夭夭。當時穿著禮服會引人注意，所以肯定加穿長大衣之類的衣物——好，志木刑警！找出高䠷長髮的長大衣女性吧，這種女性肯定很顯眼，所以一定有人目擊。」

砂川警部向年輕部下下令，志木刑警立刻衝出房間。

鵜飼一副無法釋懷的表情眺望刑警們。

四

辰巳千昭的葬禮，在他死亡兩天後的星期五舉行。

朱美和鵜飼一起參加葬禮。朱美穿黑色連身喪服，鵜飼一如往常穿著樸素西裝。順帶一提，流平沒來，因為他沒有適合參加葬禮的衣服（實際上他已經有前科，曾經穿著夏威夷襯衫出現在某葬禮會場，招致周圍的反感）。

鵜飼與朱美多少和辰巳的死有關，參加葬禮沒有突兀之處，但鵜飼的真正目的是找出那個紅禮服女性。

「不過，要是葬禮有女性穿紅禮服列席，會場應該會陷入恐慌吧。」

「不可能有這種女性吧！要找就該找穿黑衣服的高䠷女性。」

而且是黑色長髮——朱美補充之後，看向逐漸聚集的人們，隨即在會場附近看到完全符合條件的女性，但這名女性一發現鵜飼等人就主動走過來。

「哎呀，偵探先生，你們也來了。」

這名長髮的高䠷女性是千葉聰美，委託調查辰巳千昭是否花心的人物。

鵜飼已經將辰巳千昭的死亡經緯詳細對她說明。朱美不曉得她聽偵探說「他在死前和另一個女人在一起」的時候受到何種打擊。覺得遭到背叛而不悅？還是喪失戀人的悲傷更勝於此？這部分連朱美都難以想像。

千葉聰美朝眼前的偵探投以質疑的視線。

「難道您還在調查辰巳的死？」

「不，並非如此。」鵜飼斷然否定。「我純粹只是想哀悼辰巳先生的死，才來參加這場葬禮，所以我甚至沒有包奠儀給遺族。」

「真的只是前來致意是吧。」聰美莫名露出能接受的表情。

別把他的話當真！朱美在內心大喊。奠儀是朱美包的。

「話說回來，偵探先生看見的那個紅禮服女性，後來怎麼樣了？」

千葉聰美問完，鵜飼裝傻般聳了聳肩。

「這個嘛，我也不曉得怎麼樣了。」

「說得也是，畢竟尋找神祕女性是警察的工作。」

「就是這麼回事。」鵜飼說完點頭，千葉聰美就簡單行禮，靜靜離開。朱美看著她筆挺的喪服背影，提出一個疑問。

「那個紅禮服的女性，完全不用考慮可能是千葉聰美打扮後的樣子嗎？說到辰巳千昭周圍的高䠷女性，我覺得她應該是首選。」

「確實，不過這方面我已經向她本人確認了。案發當天下午，千葉聰美說她一直待在自己的壽險公司辦公室。」

「只是她自己這麼說，不算是不在場證明。不用查證嗎？」

「為什麼我連這種事都要做？就算我沒做，警察也已經在做了。」

「是這樣嗎？」

「就是這樣。因為警方也在尋找辰巳千昭身邊的高䠷女性吧？千葉聰美當然會率先成為調查對象，即使如此，她依然能夠面不改色出現在葬禮會場，代表她的不在場證明很可能成立──妳不這麼認為嗎？」

聽他這麼說就覺得或許如此。雖然朱美認同鵜飼的推理……

「不過，我不知為何很在意她。現在也是，明明男友過世，她看起來卻不是很悲傷……」

葬禮開始了。和尚的催眠誦經聲響遍全場，列席者井然有序地排隊拈香。朱美與鵜飼坐在會場最後面的座位，持續看著這一幕。

不久，朱美在拈香的列席者之中，發現一名引人注目的女性。是身材誇稱和千葉聰美相近的年輕女性，高䠷而且留著一頭黑色長髮，隔著寬鬆的喪服也足以看出她的好身材。然而不只是外表，她拈香完畢回座時露出的表情引起朱美的興趣。

「鵜飼先生，那個人……」朱美輕拉鵜飼的袖子。
「嗯，她在哭……」鵜飼也朝這名女性投以犀利的視線。
這裡是葬禮會場，當然有不少列席者哭泣，例如辰巳千昭的遺族，尤其是年老的父母，在葬禮進行時也一直哭泣，也有許多中年女性被他們的樣子引得落淚。不過在會場中，沒有年輕女性像她一樣在死者遺照前面潸然淚下，連千葉聰美都沒哭。
這名女性離開會場時，鵜飼迅速起身前去追她，朱美也跟了過去。
兩人在葬禮會場外面追上這名女性。
「方便稍微留步嗎？」叫住她的是鵜飼。「其實我們是警方的人……」
「哈，怎麼可能！」她表情緊繃。「我聽說過，宣稱是『警方的人』或『消防隊的人』欺騙對方，是騙徒常用的手法……」
「不不不，請別這麼說，我不是什麼騙徒。」鵜飼裝出慌張模樣遞出名片。「那我就說實話吧，我不是警察，是私家偵探，叫做鵜飼杜夫。」
「私家偵探?什麼嘛，原來是這樣。」
接過名片鬆一口氣的她已經中了鵜飼的道。一瞬間讓她覺得「這個人是騙徒？」提高警覺，再說「其實是私家偵探」表明自己的身分，對方聽完會覺得「偵探比騙徒正經」解除戒心。朱美覺得這應該也是一種詐騙手法，沒人能保證偵探比騙徒正經。

但她解除戒心了，現在肯定是機會。偵探立刻詢問：

「恕我冒昧，您和已故的辰巳千昭先生是什麼關係？我看您在祭壇前面哭泣，所以有點在意。」

「我和辰巳是朋友。」

她說著主動進行自我介紹。水原沙希，職業是補習班講師。鵜飼以率直到冒犯的態度詢問：

「您說您和他是朋友，不過只是朋友嗎？你們其實是情侶吧？」

「這就錯了，我們真的是普通朋友。我一開始是辰巳經營的酒吧客人之一，不過到店裡久了，逐漸在私底下也成為好友。」

這部分和千葉聰美說的大同小異。

「那麼，辰巳先生也沒對妳抱持戀愛情感？」

「這，那個……」水原沙希欲言又止一陣子之後抬起頭。「其實，辰巳曾經向我示愛，這是短短兩個月前的事。」

「喔，但你們沒有正式交往是吧？」

「是的，我拒絕和他交往。不對，不只是拒絕，突然聽他示愛的我亂了分寸，對辰巳說了過分的話……不，請別追問我講了什麼話，總之我的態度肯定傷害了辰巳。我原本打算等彼此稍微冷靜再道歉，卻突然變成這樣，使我再也沒辦法實現願望，我覺得好難過……眼淚自然就……」

她說著以指尖拭去眼眸泛出的淚水，朱美試著提出自己內心的最大疑問。

「那個，這個問題或許很難回答，但水原小姐拒絕辰巳先生的最大原因是什麼？辰巳先生很帥，也擁有自己的店，就我看來是出色的男性。」

水原沙希隨即在一瞬間露出非常為難的表情。

「咦？因為，那個人是……」

不過，如同要打斷她的話語，兩名身穿西裝的男性從旁邊介入。「打擾了。」兩名男性像是要推開鵜飼與朱美，擋在高䠷美女面前。

水原沙希瞪大雙眼，詢問眼前的雙人組：「兩位是——？」

「恕我失禮，其實我們是警方的人……」

中年男性這番話，使得水原沙希露出「咦，又來了？」的困惑表情。「那個，這兩位是騙徒？還是私家偵探？」

被她詢問的鵜飼搖了搖頭。「不，這兩人貨真價實是警方的刑警先生，烏賊川市警察砂川警部與志木刑警。」

鵜飼對水原沙希介紹兩名刑警之後，主動面向刑警。

「警部先生，你找這個人有什麼事？我正在和這個人說話。」

「不好意思，晚點講吧。」砂川警部以命令語氣對鵜飼說完，重新以嚴肅視線投向喪服美女。「妳是水原沙希小姐吧？酒吧『滿壘策』的常客，和辰巳千昭私下的交情也很好。不好意思，我們想請教一些事，在這裡講不太好，方便和我們到局裡一趟嗎？」

語氣和鄭重的言辭相反，具備不容分說的魄力。

看來警方懷疑她就是紅禮服女性。從身體特徵來看難免會這麼判斷，但真的是她嗎？朱美實在不認為水原沙希是殺害辰巳的真凶。

「請等一下。」

刑警們要帶走嫌犯時，鵜飼叫住他們。「她還沒回答朱美小姐的問題——水原小姐，妳為什麼拒絕辰巳先生的追求？」

「唔～我覺得，這是因為……」

「為什麼是警部回答啊！辰巳追求的對象不是你吧？」

鵜飼跺地表達不耐煩的情緒，但砂川警部以正經表情說：

「放心，我也知道她拒絕辰巳的理由，大概因為辰巳千昭是女性吧。即使被同性表白，應該也沒辦法輕易答應吧？」

「？？」

警部這番話過於令人意外，鵜飼與朱美啞口無言。刑警們無視於這樣的兩人，悠哉帶著水原沙希離開葬禮會場。

五

不久之後——朱美坐在鵜飼駕駛的雷諾副駕駛座。衝出葬禮會場的車一路開往偵探事務所。鵜飼默默開車，反觀朱美滿腦子是剛才得知的震撼事實。

其實辰巳千昭不是英俊男性，是女性。

但是聽警部這麼一說，朱美心裡並非沒有底。近距離看見的辰巳長相，以男性來說是清秀的類型，潔白的肌膚與柔順的頭髮也是女性特徵，辰巳千昭確實是那種生為女兒身，卻以男性身分生活的人吧。

不過這件事和他……不，應該說是『她』……不不不，是『他』又是『她』，總歸來說和辰巳千昭這個人的死有何關聯？

朱美思考著這種事，旁邊的鵜飼提出另一個問題。

「既然辰巳千昭是女性，那我覺得一件事很奇妙，就是委託人。千葉聰美不曉得辰巳是女性嗎？」

「應該不曉得吧？因為她懷疑自己的『男人』和其他女人外遇，才會委託鵜飼先生調查。」

「不過，千葉聰美正在和辰巳交往吧？為什麼沒發現？」

「因為還沒進行那種男女行為吧？沒什麼好奇怪的，畢竟依照她的說法，兩人才交往兩個月。」

「咦~既然交往兩個月，大部分的男女都會做那檔事吧？」

「你是基於什麼根據這樣斷言啊？也有男女不做那檔事吧？」朱美賭氣大喊，然後稍微冷靜地說：「沒錯，辰巳經過兩個月也沒做那檔事，正因如此，千葉聰美確信辰巳有別的女人。假設她因而委託鵜飼先生調查……」

「啊啊，原來如此，確實可能是這種狀況。」

鵜飼姑且認同般點了點頭。

聊著聊著，車子不知何時經過辰巳的公寓。

「那個，鵜……」剛好在朱美要對駕駛座搭話的這時候！

「嘰~」的刺耳煞車聲響遍四周，車子像是往前撲倒般緊急停止。副駕駛座的朱美講到鵜飼的「鵜」，額頭就撞上擋風玻璃。

「做什麼啦，很危險耶！」

鵜飼無視於抗議的朱美打倒車檔，這次是猛然倒車。車子沿著馬路倒退幾十公尺之後停在路邊。

朱美撫摸亂掉的頭髮看向窗外。「——哎呀，這輛車是？」

似曾相識的車子停在眼前。是掛著旗幟賣豆腐的流動攤車。

鵜飼衝下車，跑向賣豆腐的青年，朱美也跟著鵜飼跑去。

「啊啊，先生，我想問幾件事。你上週三也將車子停在這裡做生意吧？」

「週三？」青年思索片刻，接著大幅點頭。「啊啊，『墨谷公寓』發生火災的那一天吧，沒錯，我那天也在這裡做生意。」

「對，就是那天。話說回來，既然你在這邊擺攤，公寓有誰進出肯定一目了然，誰從二樓下樓也看得一清二楚，對吧？」

「哎，是啊——所以小哥，要買點什麼嗎？」

「那我要一塊板豆腐。」鵜飼買了一塊要價兩百圓的高級板豆腐。「回到剛才的問題，你記得當天火災發生前後有誰進出公寓嗎？」

「嗯，記得。一男一女衝進二樓邊間，幾分鐘之後，女性抱著癱軟無力的男性走出來，記得那個男的一直在咳嗽。」

「唔，是喔，不過這不是我想問的。」鵜飼慎重地帶過這個話題。「那對男女進出房間之前，同一個房間——二〇四號房有沒有人進出？」

「這麼說來，有個男的進入那個房間，是身穿黑色西裝的型男，帥到連我都眼睛一亮，所以我記得很清楚。」

是辰巳千昭。朱美他們也在車上目擊這個場面。

「那麼，那個男的進房之後，有沒有女人從同一個房間出來？是身穿紅色禮服的女性，也可能披了一件長大衣，有看到嗎？」

「紅禮服跟長大衣？這個住宅區有這種像是夜間花蝴蝶的女人嗎？」青年做出思索片刻的動作，然後使個眼色。「話說小哥，要不要來一塊嫩豆腐？」

「知道了，我買。」鵜飼買下嫩豆腐。「——所以，有看到嗎？」

賣豆腐的青年一收到錢就斷言：

「我沒看到那種女人。要是打扮這麼顯眼的女人從二樓房間走下來，我絕對不會看漏，所以沒錯。」

青年的回答令人意外，朱美以為自己聽錯。朱美他們衝進二〇四號房的時候，紅禮服女性已經不在室內，換句話說，這個神祕女性很可能提前離開房間，但青年表示沒看見。

難道說，實際上女性趁著朱美他們衝進房間時脫身？但如果是這樣，這個青年沒目擊就很奇怪。

當然並不是不可能從二樓窗戶跳下來，不過做出這種危險的舉動究竟有何意義？

「這是怎麼回事？」

朱美不禁歪過腦袋，不過……

「不，這樣就對了，反倒是沒這樣才奇怪。」

她身邊的偵探右手拿板豆腐、左手拿嫩豆腐，雙手拿著兩塊豆腐露出愉快笑容。

六

兩塊湯豆腐端上偵探事務所餐桌的隔天——

鵜飼邀請案件相關人物前往那間空屋的陽台。

聚集的相關人物只有五人：鵜飼杜夫、二宮朱美、砂川警部、志木刑警，以及本次事件的委託人千葉聰美。

「戶村流平怎麼了？死了嗎？」志木刑警率直發問。

「其實他撞到豆腐了。」鵜飼面色凝重地搖了搖頭。

很少人會撞到豆腐，不過無人起疑。看來原本就沒什麼人關心流平為何不在場。

「所以，你想在這裡做什麼？」砂川警部詢問偵探。

「哼哼，警部先生，我現在要將本次的案件……」

「要將案件重現是吧？那就少廢話，快開始吧。」

「…………」重要台詞被搶的偵探透露出受到打擊的神色，但他還是立刻重新振作，指向前方的建築物「墨谷公寓」。「那麼，請看二〇四號房吧！」

眾人視線隨即同時投向二〇四號房，但房間沒開燈，室內陰暗，雖然窗簾打開，卻很難隔著窗戶窺視室內。

「總歸來說，狀況和案發下午差不多是吧？」朱美看著前方擅自預測後續進展。「我懂了，等到那個房間亮起橘色燈光，就會出現紅禮服女性與黑西裝男性吧？」

「這個嘛，妳說呢？」偵探雙手抱胸掛著從容笑容。

不久，正如朱美的預料，二〇四號房亮起橘色燈光，室內狀況立刻曝光，但出現在那裡的並非朱美想像的光景。

隔著玻璃窗看見的不是紅禮服美女，也不是黑西裝帥哥，映入朱美眼簾的是熟悉的阪神虎直條紋球衣，那個人背對這裡，所以看不見長相。

背號6。

「警部，是金本！阪神退休球員金本出現在二〇四號房！」

「志木，冷靜點！我想那是穿著金本球衣的另一個人。」

總之，不可能是本人，而且身穿金本球衣的男性正前方，還有一個熟悉的男性。志木刑警指著那個男性的臉再度大喊：

「警部，是戶村流平！戶村流平和阪神退休球員金本相對！」
「志木，你鬧夠了吧！戶村流平只是和假扮成金本的另一個人相對。」
順帶一提，流平不知為何穿著紅色的衣服，仔細一看就看得出來那是廣島鯉魚的觀賽用球衣，換句話說在這一瞬間，身穿鯉魚紅色球衣的戶村流平，和身穿阪神直條紋球衣的金本（不過是別人）在二〇四號房相對，上演一幅幻想般的光景。
「…………」這是怎樣？
朱美不懂鵜飼的企圖而愕然，反觀鵜飼本人對眼前的光景滿意地點頭，然後像是對某人打暗號般突然高舉右手，背對這邊的直條紋男性隨即對他的手勢起反應，在朱美等人的注視之下，輕盈轉身面向這裡。
結果——
直條紋球衣瞬間變化成鯉魚的紅色球衣，這個人的真面目是……
下一瞬間，刑警們再度像是難掩驚訝般大喊。
「警部，好神奇耶！以為是阪神退休球員金本的那個人，原來是戶村流平！」
「志木，一點都沒錯！總歸來說，這是戶村流平一人飾演兩角！」
意外的事實當前，砂川警部與志木刑警受驚愣住。
鵜飼斜眼看著他們的反應，露出「計畫成功」的笑容。

後來偵探等人離開空屋陽台，移動到「墨谷公寓」的二〇四號房。穿過走廊開門就是週三的火災現場，房間部分區域燒焦的凌亂空間。室內果然只有戶村流平一人。

身穿鯉魚紅色球衣的流平，以得意洋洋的表情迎接他的師父。

「鵜飼先生，怎麼樣，我的演技沒問題吧？」

「嗯，很完美。你漂亮表現出紅帽時代與直條紋時代，兩個時代的金本。」

「真的堪稱最適合用來紀念鐵人退休的詭計呢。」

「嗯，這樣他應該也可以毫無遺憾離開球場吧。」

鵜飼與流平相互拍肩稱讚彼此的努力，彷彿分享勝利喜悅的金本與新井（貴），不過這種事一點都不重要——

「不提這個，流平穿的這件衣服是怎樣？」

朱美走向流平，近距離觀察他的奇妙穿著。

姑且是以廣島的紅色球衣為底，但只有正面是紅色布料，後半部貼著阪神的直條紋球衣，背號是6。換句話說，從正面看是身穿廣島球衣的戶村流平，從背面看是從阪神退休的金本，是非常創新的穿著。要是在甲子園球場穿這件，阪神球迷會吐槽：「你是哪邊的球迷啊！」要是在廣島馬自達球場穿這件，會招來「金本果然不適合穿直條紋呢～」的評價。就是這樣的服裝。

「原來如此。」砂川警部呻吟般說：「像是前後縫錯的這件球衣映在這裡。」

警部說著指向窗邊擺放的一面大鏡子。

是服裝店常見的移動式穿衣鏡，和普通人差不多高，外框是銀色金屬。雖然失火之後被燻黑，但現在鏡面與鏡框都擦得亮晶晶，鏡子表面朝著窗外。

探頭一看，鏡子映著空屋的陽台。

流平以這個狀態再度站在鏡子前面，背號6朝著陽台。鏡子裡是紅色球衣的流平在笑，要是從陽台遠眺這一幕，就是背號6的鐵人金本不知為何和身穿廣島紅色球衣的凡人戶村流平面對面的光景。

「也就是說，如果將這一幕套用在案發場面……」朱美按著下巴說下去。「穿黑色西裝的辰巳千昭，只以紅色禮服覆蓋自己背部並且站在窗邊，然後以禮服背部朝著我們，以眼前的鏡子照出自己正面的模樣。」

「朱美小姐，就是這麼回事。站在陽台的我們看見紅禮服女性的背影，以及鏡子裡穿西裝的辰巳。我們看到這幅光景，誤以為二〇四號房有一男一女。」

「實際上，房間裡只有辰巳千昭一個人，二〇四號房沒有女性。」

「不，有女性，因為辰巳自己就是女性，正確來說是沒有男性。」

「咦？啊啊，對喔，唔……」

朱美輕拍有些混亂的腦袋。鵜飼為己方當時看見的場面做個整理。

「我們認定這個房間有一男一女上演激情場面，但這完全是假象。在那個場面，這個房間只有辰巳千昭一人，他……不對，應該說『她』？哎，怎樣都好，總之辰巳利用奇妙的服裝與鏡子，獨自飾演一男一女共兩個角色。」

「也就是說……」朱美在腦中描繪這個光景。「辰巳千昭和鏡子裡的自己相對，並且和鏡子裡的自己相視，然後走向鏡子，接著……唔，接著怎麼了？」

朱美無法想像接下來的光景。

「很簡單吧？」鵜飼隨即回答：「辰巳千昭熱情擁抱鏡子，就這麼將鏡子推倒在床上，而且小心翼翼避免打破鏡子！」

朱美不禁露出諷刺的笑，因為她在想像辰巳千昭推倒鏡子的場面。

「……該怎麼說，好荒唐的行為。」

「是啊。」鵜飼也咧嘴一笑。「不過，詭計原本就是這麼回事吧？即使在別人眼中像是在進行重大的行為，但是實際近距離觀察，就發現當事人以非常滑稽的模樣進行荒唐的行動，不過辰巳本人的態度應該非常正經吧。」

流平點頭附和鵜飼這番話，有點自嘲地說：

「也就是說，鵜飼先生，我們為了偷窺辰巳千昭和鏡子上演的激情場面，像是笨蛋在陽台跳啊跳的，對吧？」

「流平，講話小心一點，只有你像是笨蛋在陽台跳啊跳的，我在那個場面依然冷靜。」

「鵜飼先生，你的記性是怎麼回事？你當時跳得比我還高，你忘了嗎？」

「…………」真是無意義的議論。朱美瞪向偵探說：「繼續講吧！」

「知道了，就這麼做吧。」鵜飼回神般回到原本的話題。「總之，那個陽台的角度看不到床上的光景，辰巳進入我們的死角。不過假設我們看得到，應該會目擊非常令人失望的場面吧。我們期待的激情場面當然不存在，推倒鏡子的辰巳應該是立刻下床，將鏡子收回衣櫃旁邊，然後她撕下貼在背上的紅禮服布料，恢復為普通的黑西裝穿著，點燃撕下的紅禮服——流平，你知道這麼做的意義吧？」

「湮滅證據吧。為了佯裝紅禮服女性逃離現場，非得消滅那件禮服才行，所以她燒掉禮服，這就是突然失火的理由。光是燒掉禮服會引人起疑，所以連同整個房間燒掉。是這麼回事吧？」

「沒錯。不過因為二〇四號房有人監視，這場火災肯定立刻會被發現，還沒蔓延就被滅火。但是只有紅色禮服一定要燒乾淨，不能留下任何灰燼。然而這並非難事，那件紅禮服原本就只有後半面，而且沒必要和真正禮服一樣使用厚實的布料，肯定是用輕薄易燃的化學纖維製作的。」

「既然這樣，就可以轉眼之間在那場火災燒光。」

「就是這樣。順帶一提，該湮滅的證據除了紅禮服還有一個，就是頭髮。辰巳千昭為了飾演長髮女性，肯定將接髮之類的假髮垂在身後，辰巳也要燒掉這頂假髮。」

「等一下。」砂川警部插嘴。「焚燒假髮這種東西肯定會留下灰燼，但是依照現場紀錄，沒有發現這種奇妙的灰燼啊？」

「不，警部先生，沒必要使用真正的假髮，只要是遠遠看起來像是黑色頭髮的物體就足以代用，比方說，光是將一捆黑色毛線垂在頭部後面就好，或許燒掉之後會留下毛線灰燼，但這種東西只會被當成『毛線圍巾之類的衣物焚毀』，不會特別引人起疑吧。」

「原來如此，說得也是。」砂川警部也只能認同鵜飼的說明。

就這樣，鵜飼證明紅禮服女性是辰巳千昭創造的虛構人物。既然紅禮服女性並非真實人物，在公寓前面賣豆腐的青年也當然沒目擊，但如果鵜飼的推理是事實，就只會得出一個結論。朱美將這個結論說出口。

「二〇四號房只有辰巳千昭一個人，也就是說，殺害辰巳千昭的是辰巳千昭自己吧？」

「沒錯。雖然巧妙設計成像是辰巳被紅禮服女性刺殺，實際卻只是單純的自殺。辰巳大概是在室內放火之後自行躺在床上，以刀子插入自己胸口吧。」

「居、居然是自殺……」砂川警部發出低沉的聲音。「唔唔，原來如此！」

沉重的沉默降臨眾人，大家都以嚴肅表情試著接受辰巳千昭死亡的真相。只有流平因為衣著過於奇特，看起來像是只有他在胡鬧，難得的緊張感被這個傢伙搞砸。

「不過，動機是什麼？辰巳千昭為什麼要尋短？」

鵜飼緩緩搖頭回應朱美的詢問。

「這種事只有死亡的當事人知道，我們只能想像。不過，生為女兒身卻過著男性生活的她，各方面應該過得不是很順遂吧。而且辰巳最近似乎向喜歡的女性表白卻狠狠被拒絕，承受這個嚴重的打擊，肯定成為辰巳自殺的動力之一。辰巳想偽造高䠷長髮女性為殺人凶手，也可以看出她的想法。」

「是指水原沙希吧。原來如此，辰巳千昭想嫁禍給甩掉自己的可惡水原成為殺人凶手，才策劃這種奇妙的自殺。」

朱美像是可以釋懷般點頭，但是在這個時候，房間一角響起抗議的聲音。

「偵探先生，這是錯的。」

眾人視線同時集中在聲音來源，站在那裡的是另一名高䠷女性。

千葉聰美。至今位於破案現場，卻沒機會講半句話的委託人。

鵜飼問她：

「千葉小姐，您說這是錯的，不過是哪裡錯了？」

「辰巳不是要嫁禍給水原小姐。我覺得辰巳確實也抱持惡意，難免抱持陰險的想法，覺得既然要死就要讓甩掉她的女人吃點苦頭，但這不是這個案件的目的。辰巳真正的目的始終是讓自己的死看起來像是他殺。之所以偽造紅禮服女性，也是要令人覺得這是他殺案件，因為單純的自殺領不到保險金吧！」

千葉聰美如同吶喊般告白，深沉的沉默再度降臨眾人。

「也就是說，辰巳千昭的目的是詐領保險金，而且千葉小姐，妳承認自己也是幫凶吧？」不知為何是流平詢問。

流平，你居然以這副模樣在這個重要的場面搶戲！朱美打從心底感到無奈。

但千葉聰美不以為意繼續告白。

「嗯，是的，辰巳的目的是將自殺偽裝成他殺，將保險金留給自己年邁的雙親。她找我商量這件事，我同情她並且決定協助她的計畫。我當然不是只基於善意就協助她，是因為辰巳保證會給我相當的報酬才協助她。」

「…………」朱美無法理解千葉聰美想說什麼。「唔～具體來說，千葉小姐在這個事件，是以何種形式協助辰巳小姐？畢竟禮服女性實際上是辰巳小姐本人，說到其他的職責……」

「哎呀，朱美小姐，妳還不懂嗎？」鵜飼感到意外地歪過腦袋，指向千葉聰美。「她的職責是扮演偵探的委託人，並且委託偵探監視辰巳千昭這個人。」

「啊，原來是這樣……」

朱美至此終於明白她扮演的角色。包含朱美在內的偵探事務所成員，是刻意為辰巳千昭這場奇妙自殺所準備的目擊者。

千葉聰美向鵜飼說明：

「依照辰巳的計畫，無論如何都要有人從空屋陽台監視二〇四號房成為目擊者。我聽到鵜飼偵探的評價，覺得這個人正是最佳目擊者，才會造訪偵探事務所。偵探先生正如我與辰巳的預料，在那個陽台監視二〇四號房。」

「如果我們從其他地方監視，妳打算怎麼做？」

「到時候，我會提議從陽台監視，如果這樣還是不行，只要安排其他的目擊者就好。但實際上不用我提議，偵探先生就自行在那個陽台監視。」

「確實，因為那個陽台看起來很適合監視。」

鵜飼說完聳了聳肩，朝朱美輕聲說出自嘲的話語。

「到最後，我們都照著辰巳千昭寫的劇本在走……」

就這樣，鵜飼的推理與千葉聰美的告白，解開辰巳千昭離奇死亡之謎。

鵜飼說明案件結束之後，重新詢問砂川警部：

「話說回來，警部先生，我的委託人會背負什麼罪名嗎？」

「老實說，我不知道。以往沒聽過這種自殺手法。」砂川警部雙手一攤，露出為難的表情。「既然是協助他人自殺，大概是幫助自殺罪吧，不，也可能是詐領保險金的詐欺罪——算了。喂，志木，總之帶她回警局聽她詳細說明吧。」

志木刑警將手放在千葉聰美肩上，千葉聰美垂頭喪氣。

朱美決定問她一個在意至今的問題。

「千葉小姐，妳聽到的『鵜飼偵探的評價』是怎樣的評價？」

千葉聰美隨即愧疚般縮起身體說：

「其實，我聽到的評價說他是……『烏賊川市最冒失的偵探』，所以我才判斷他很適合擔任這個計畫的目擊者。」

「沒禮貌！」朱美身旁的偵探不滿低語。

千葉聰美朝著這樣的鵜飼投以淺淺微笑。

「不過，偵探先生意外有著敏銳的一面呢，看來是我看錯您了。」

千葉聰美深深鞠躬，像是在對至今發生的一切謝罪。

「沒什麼，只是歪打正著啦。」鵜飼說完害羞地搔了搔腦袋。

初次刊載一覽

全力狂奔尋死之謎《寶石 The Mystery 小說寶石特刊》（二〇一一年十二月）
偵探拍下的光景　《GIALLO》四十四期（二〇一二年四月）
烏賊神家命案《GIALLO》四十五期（二〇一二年七月）
死者不會嘆息《寶石 The Mystery2 小說寶石特刊》（二〇一二年十二月）
二〇四號房在燃燒嗎？《GIALLO》四十六期（二〇一二年十二月）

逆思流

我討厭的偵探

（原名：私の嫌いな探偵）

作者／東川篤哉　譯者／張鈞堯
榮譽發行人／黃鎮隆　總經理／陳君平
協理／洪琇菁　國際版權／黃令歡
執行編輯／呂尚燁　美術主編／李政儀
企劃宣傳／楊玉如、洪國瑋
出版／城邦文化事業股份有限公司　尖端出版
台北市中山區民生東路二段一四一號十樓
電話：（〇二）二五〇〇七六〇〇　傳真：（〇二）二五〇〇二六八三
E-mail：7novels@mail2.spp.com.tw
發行／英屬蓋曼群島商家庭傳媒股份有限公司城邦分公司
尖端出版　行銷業務部
台北市中山區民生東路二段一四一號十樓
電話：（〇二）二五〇〇—七六〇〇（代表號）
傳真：（〇二）二五〇〇—一九七九
讀者服務信箱：sandy@spp.com.tw
中彰投以北經銷（含宜花東）／楨彥有限公司
電話：（〇二）八九一九—三三六九
傳真：（〇二）八九一四—五五二四
雲嘉經銷／威信圖書有限公司　嘉義公司
電話：（〇五）二三三—三八五二
傳真：（〇五）二三三—三八六三
客服專線：〇八〇〇—〇二八—〇二八
南部經銷／威信圖書有限公司　高雄公司
電話：（〇七）三七三—〇〇七九
傳真：（〇七）三七三—〇〇八七
香港總經銷／城邦（香港）出版集團有限公司
香港灣仔駱克道１９３號東超商業中心1樓
電話：（八五二）二五〇八—六二三一
傳真：（八五二）二五七八—九三三七
E-mail：hkcite@biznetvigator.com
馬新經銷／城邦（馬新）出版集團　Cite(M)Sdn.Bhd.
E-mail：Cite@cite.com.my
法律顧問／王子文律師　元禾法律事務所
台北市羅斯福路三段三十七號十五樓
二〇一五年四月一版一刷
二〇二二年一月二版一刷

《WATASHI NO KIRAI NA TANTEI》
by Higashigawa Tokuya 2015

Original Japanese edition published by Kobunsha Co., Ltd.
Complex Chinese publishing rights arranged with
Kobunsha Co., Ltd.
through AMANN CO., LTD

■中文版■

郵購注意事項：
1. 填妥劃撥單資料：帳號：50003021戶名：英屬蓋曼群島商家庭傳媒(股)公司城邦分公司。2. 通信欄內註明訂購書名與冊數。3. 劃撥金額低於500元，請加附掛號郵資50元。如劃撥日起 10～14日，仍未收到書時，請洽劃撥組。劃撥專線TEL：(03) 312-4212 ・ FAX：(03) 322-4621。E-mail：marketing@spp.com.tw

國家圖書館出版品預行編目資料

我討厭的偵探 ／ 東川篤哉 作 ; 張鈞堯 譯. / .
--二版. --臺北市：尖端出版, 2022.01 面 ; 公分.
--(逆思流)

譯自: 私の嫌いな探偵

ISBN 978-626-316-379-9(平裝)

861.57 110020188